文春文庫

カットグラス

白川道

文藝春秋

カットグラス／目　次

カットグラス

アメリカン・ルーレット

1

最後の一枚を書き終えたとき、チンチラの白猫、カワチが近寄ってきた。二か月ほど前に全身を丸裸に刈りあげたのだが、いまはもう産毛のような白い毛でおおわれている。万年筆の尻で、頭をつつく素振りをしてやると、歯をむき出しにしてうなり声をあげた。

榊《さかき》はおもわず苦笑いをもらした。どうやらペットが飼い主と似るというのはほんとうらしい。春菜がカワチを連れて榊の部屋で暮らすようになってからもう三か月が経つ。

〝いつも遅くなってすみません。「夏の終わりに」、残りの二十枚です。よろしく。榊俊彦〟

編集者宛てに短い謝罪の文を添え、ファックスをセットしてから榊は腰をあげた。

春菜は漫画家との打ち合わせがあるといって、早朝に家を出ている。あるいは猫にエサをやるのを忘れたのかもしれない。

榊が住むマンションは南麻布の奥まった一角にある。麻布、六本木というと遊び人たちがたむろする猥雑な街というイメージがあるが、彼の部屋のある区域は旧《ふる》くから閑静な住宅地として知られている。

リビングのカーテンを引くと、夕暮れの空のむこうに東京タワーが見えた。その姿がどこか寒々しく見えるのは、どんよりとしたこの空のせいばかりではなさそうだった。あと数日で十二月に入る。締め切りが四、五日先に迫っている短編小説をもう一本書けば、当面年内に追われる仕事はない。

前借りだけして義理を欠いているK書店の書き下ろしにふたたびとりかかれそうだ。カワチがエサを食べる様を見て、榊も急に空腹を覚えた。考えてみれば、朝から口にしたのは牛乳とパンの一切れだけだ。

冷蔵庫を開けようとしたとき、電話が鳴った。

——サカキさん？

女の声だった。なんとなく聞き覚えのある声だ。しかし仕事がらみではないだろう。以前の仕事とは百八十度もちがう、小説なる物を書きはじめてからのこの三年余、編集者たちは自分のことを「先生」などというおもいもしなかった呼び方をする。ならば銀座か六本木で顔を出したどこかの店の女だろう。

——榊俊彦さんでいらっしゃいますか。

数秒間を置いたせいか、電話の主がふたたび訊いた。

「ええ、そうですが……」

——ごぶさたね。

いきなり、女の声が慣れ慣れしい語調に変わった。

「失礼、どなたですか」

——電話での慇懃《いんぎん》無礼《ぶれい》なしゃべり方、ちっとも変わってないのね。

女の物言いが記憶と繋《つな》がった。

「水穂……？」

狼狽《ろうばい》を押し殺し、小声で訊く。

——そうよ。ごぶさたしています。

「いや……、おどろいたな」

榊俊彦はペンネームで、本名は坂樹俊之だ。どうして水穂が知っているのだろう。

——小説を書く、って口にしてたのも、まんざら嘘ではなかったのね。

気のせいか、ことばに刺《とげ》があるように感じた。自分のことは日下部《くさかべ》に聞いたのだという。

「そうか、あいつにな……」

この夏、都内のホテルのロビーで偶然でくわした日下部博の顔を榊はおもい出した。

「で——？」

そう訊き返す胸の内に、後ろめたい気持ちと懐かしさが交錯した。

——お忙しいんでしょうけど、ちょっとお時間を頂けます？

「これから？」

溜池のAホテルで五時——。そう口にする水穂の声には、断れないはずだ、とでもいうような響きがある。

車に乗れば十分もかからない。どうしようか、そう逡巡《しゅんじゅん》したときには、口から承諾の返事がもれていた。

2

タクシーの背凭《せもた》れに頭を乗せながら、水穂の顔をおもい浮かべた。

別れてから七年がたつ。水穂は自分より八つ下だったからもう四十三になる。

もう歳よ。いつまでも銀座にいられるわけじゃないし……。

そんなことばがいつしか重く感じられるようになり、逃げるも同然の別れ方だった。

さっき書きあげた小説のなかにも水穂は登場している。なんとなく因縁めいたものを感じてしまう。

経験豊富なんでしょう？　女のことを書いてみませんか——。

B社の担当者の口車に乗って、書きはじめたのが「夏の終わりに」だった。

三年前に処女作を出し、以来ミステリー作家の肩書きをつけられた。つづけてもう一冊。それを機会にいくつかの小説雑誌の仕事も舞い込むようになり、なんとか食うに困らない程度の生活もできるようになった。

そんな榊にとって、このB社の連載小説、「夏の終わりに」は私小説というまったく新しいジャンルに挑戦したものだった。三回の連続物で、すでに「小説B」には二回掲載済みで、今度の号で終了する。

おのれの恥を書くのも小説家の仕事だろう。そう割り切って引き受けたものの、ふしぎなもので書き進むうちに、おもい出すのも嫌だったはずのバブル時代の女たちや、この七、八年のあいだにちりぢりになってしまったその当時の遊び友達のことが妙に懐かしくも感じられた。

主人公は丹沢恒一、五十一歳。バブルの最盛期に株相場の世界で切った張ったの勝負をしていた男。しかしバブルがはじけて無一文になり小説家に転身する。小説の粗筋は、その当時に関係のあった女、貧乏生活に陥って小説で再起を計ろうとする主人公の姿、それを陰で支える女、そして最後にはその女を裏切ってまで漫画雑誌の女編集者との同棲生活に踏み切る——。

いわば榊の実生活とほぼ同じといっていい内容だった。

約束の五時より少し前にホテルに着いた。

かつては常宿にしていたホテルだ。だがそうした生活とも縁がなくなり、ここを訪れるのも何年ぶりかのことだった。

電話を受けたときは狼狽していて気が回らなかったが、ここは水穂と最後に別れたホテルでもある。その仔細についても小説には書き込んだ。

わざと待ち合わせ場所にここを指定したのではないか——。なんとなくそんな気がした。

ロビーは相変わらずの混雑ぶりだ。

左手の喫茶ルームの奥に座っている水穂の姿にすぐに気がついた。

黒地に朱色をあしらったいでたちは、やはりふつうの女のそれとはちがっている。彼女の座るその一角だけにぱっと華やいだような雰囲気が漂っていた。

「元気そうね」

薄く色のついたサングラスをはずし、水穂がいった。

「そっちこそ」

そう口にしながら、やはり七年という月日の流れを感ぜずにはいられなかった。化粧できれいに覆い隠してはいるが、目尻の小じわを榊は見逃さなかった。

視線をはずし、たばこに火をつける。

「おバアちゃんになっちゃったでしょ」

榊の胸を見透かしたように水穂がいう。

「そんなことはないさ。入口から見ると、ここだけ花が咲いているようだった」

「そういうたとえが、小説家なの？」

水穂が口元に笑みを浮かべた。

瓜ざね顔で真っ白な肌。やや額が広い。その顔立ちを意識してか、店での彼女はよく着物を着ていたものだ。時代劇に出てくる女優のようだ――、定番のような客の口説き文句もあながち嘘ではなかっただろう。

いまはなにを――口に出かかったことばを飲み込んだ。

三年前ぐらいに銀座をあがった、と人づてに聞いたことがある。それ以後のことは知らない。だが別れた以上、無用な詮索というものだ。

「銀座にはあいかわらず顔を出すんでしょ？」

「そうだな。でも、むかし通ったような店には縁がなくなった。だいいち、もうそんな金もない」

「そうなの。わたし、三年前に銀座を辞めちゃった。知ってた？」

「噂を一度耳にしたことがある」

たばこの灰を払った。

ふと疑問が榊の胸にわいた。そんなことをいうためにわざわざ会いたいといってきたわけではないだろう。

ならば、金か――。しかし別れてからもう七年、それに彼女の気性やプライドからしてそれも考えられない。

知りあったとき、彼女は銀座でも何本指かに数えられる売れっ子ホステスとして名が通っていた。バブル全盛期のころには、年収が六千万もあったという、まるで想像もつかない稼ぎをしていた水穂だった。それに彼女との関係は、通り一ぺんの水商売の女とのつき合いなどというものでもなかった。互いにひとり身で、恋愛というまぎれもない男女の間柄でもあったのだ。

「いまはひとに頼まれて料理屋の女将《おかみ》をやっているの」

「ほう。似合うかもしれないな」

どんな店とも、どこにあるのかとも聞かなかった。

「で、きょうはどうしたんだ？　なにか用事があってのことだろう？」

「まあね」

水穂が言い淀んだ。

遠慮することはない。榊は促した。

「いまでも麻雀はやってるんでしょ？」

水穂の紅い唇からこぼれ出たのは意外な問いかけだった。

「麻雀？　まあ、それはそうだが」

そもそも水穂と知りあったのは元麻布のマンションで開帳していた秘密麻雀クラブでだった。一晩で千万単位の金が動く、いまおもえば馬鹿げた博打《ばくち》麻雀だった。おかげで、水穂ともども留置場で一夜を過ごす羽目も味わっている。

「だが、もうむかしのような無茶な麻雀はやっていない。遊びに毛の生えたような代物さ」

「そうなの」ちょっと考えてから水穂がおもい切ったようにいった。「……ねぇ、アメリカン・ルーレットをやらない？」

「アメリカン・ルーレット？」

「そう、ロシアン・ルーレットの裏返し」

そういって水穂が説明しはじめた。

「なんかあったん？」

夕食のあと、水割りを作りながら春菜がいった。

「顔に書いとるわ。ウカン顔して。なんでもわかるんやから」

丸顔のなかの受け口を尖らして春菜がいった。憎たらしいほど頭の回転が早く、ずけずけとものを言うが、同時にひとの心を見抜く繊細な面も合わせ持っている。娘ほども歳の離れた三十二歳。本人はけっこう自信があるらしいのだが、まあ十人並みの器量だろう。彼女よりはるかに美人で、これといって不満もなかった清美と別れてまで一緒に住むようになったのは、榊が春菜のそんなところに惚れたからともいえる。

「むかしの女に会った」

観念して、榊は白状した。

「なんやて？　焼けぼっくいに火ィつけたんか？」

春菜が丸い目をさらに剝《む》く。

「アホウ。隠し事はなし、といったって、誰が浮気をしたことまでしゃべるか」

「ふぅん。じゃあ、なんで会ったん？」

春菜の目がきらりと輝く。

初めて会ってからまだ四か月しか経っていないが、問わずがたりにこれまでの女遍歴を春菜にはみな訊き出されている。むろん、水穂のこともだ。

夕刻かかって来た水穂の電話とそれからのいきさつを榊は話してやった。

アメリカン・ルーレット――。

ロシアン・ルーレットは、運のない者の象徴。自分で自分の頭を射抜くわけだから。それもたった一発しか銃弾が入っていないというのにね……。日下部さんが命名したのよ、アメリカン・ルーレット、って。バブルがはじけちゃって、みな懐《ふところ》は大変。それでね、お金を持ちよって、麻雀で勝った者がそれをひとり占めにしようっていうわけ。みんな汲々として毎日が地獄のような日々。死んじゃったような生き方より、誰かひとりが良い目をみたほうがいい、という理屈ね。

水穂の話によると、すでに何回かやっているのだという。メンバーは、むかし一緒に麻雀をやったり酒を飲んだりして遊んでいた人間たちらしい。持ち金は各自、三百万。むろんレートはない。東風《トンプウ》戦で十回戦い、その得点最上位の者が集まった金の一千二百万をひとり占めできる。つまり、九百万のもうけというわけだ。

三百万じゃ用をなさないけど、一千万近くのまとまった金ならみな喉《のど》から手が出るほど欲しいじゃない……。

「あほちゃうか」聞き終えた春菜が鼻を鳴らし、それからにらみつけてくる。「絶対やったらアカン、そんな大バクチ」

「やらないよ」

「じゃ、なんで、そんなウカン顔する必要があるねん。迷うてるからやんか」

水穂には即答を避けた。二日後にもう一度電話がかかってくることになっている。

「だいたい三百万なんていうお金、どこにあるねん。書くもんも書かんで、調子よう前借りばかりしよって」

「この話は打ち切りだ」

なにかほかのことにまで飛び火しかねない春菜の勢いだ。とりつくろうように、横を歩く猫に榊は声をかけた。「カワチ、こっちへ来い」

「カワチとちゃう、って。キャンディや。ちゃんとした名前で呼んでくれなあかん」

カワチというのは、春菜が猫を連れてころがりこんできたその日に榊がつけた名前だった。大阪弁をまくしたてる春菜。彼女の出身は正確には河内ではないが、榊はこのネーミングをけっこう気に入っている。

3

水穂に初めて会ったのは八年前のある夏の日のことだった。

そのころの榊は、兜町のビルの一室で株のコンサルタント会社をやっていた。会社といっても社員が数名いるだけの、ごくちっぽけなものである。

コンサルタントといえば聞こえはいいが、その中味は、顧客に株の情報を流す、相談に乗る、ときには特定の客と共同で相場も張る、という具合の、いってみれば株にまつわることにならなんにでも手を出すという内容の仕事だった。

狂騰する地価と株。金を寝かせている者が馬鹿をみる——。数年前に幕開けした世を挙げてのマネーゲームに若干のかげりが見えはじめたとはいえ、世の中はまだまだ未曾《みぞう》有の景気にわいていた。

そんな背景であったから、小さいとはいえ、榊の会社は、月にして優に五、六千万は利益を上げていた。なにしろ株の投資という、欲の皮のつっ張った人種を相手にする商売であるから、世間一般のまともな会社とは扱う金額からしてちがう。多い月で十億円前後、平均して五、六億円という巨額な金が流れてゆく。

むかしから遊び人を自負している榊である。そうなれば当然、飲む打つ買う、の三拍子にも拍車がかかる。三十半ばで離婚したひとり身をいいことに、夜な夜な銀座や六本木を飲み歩き、女との関係もルーズを極めていた。むろん競馬や競輪にも手を染める。

そんななかで、たったひとつ榊が飢えていたものがある。麻雀だった。

学生時代から、こと麻雀に関しては誰にも負けないというほどに自信を持っている榊である。だが、あいにくというか、株という博打と変わらぬ仕事をしている割りには、榊の周辺には自分を満足させてくれるようなレートで打ち、なおかつ腕前も兼ね備えた麻雀仲間が見当たらなかった。

そんなとき、顧客のひとりに紹介されたのが日下部だった。

日下部は、マスコミにも時々登場する、全国にチェーン店を持つ「日下部君子美容グループ」の社長、日下部君子のひとり娘と結婚していて専務の肩書きを持っている。だが専務とはいえ、仕事らしい仕事もなく、おもに対外的な広報活動を受け持たされただけの、文字通り髪結いの亭主的な存在だった。

金もあれば、暇もある。しかも榊とは同い歳。そんな日下部と榊が仲を深めるのに時間がかかるものではなかった。

ある日、その日下部に紹介されて元麻布のマンションで開帳されている秘密麻雀クラブに顔を出した。

その麻雀は、榊の飢えを満足させるに十分な代物だった。なにしろ、レートがちがう。

榊はすぐにその麻雀クラブの常連となった。

客の顔ぶれは種々雑多だった。

外車販売会社の社長にゴルフ場のオーナー、大病院の院長に不動産屋、マンション業者、金融屋もいれば怪しげな先物取引会社の社長もいる。時には榊も顔を知っている芸能人の類《たぐい》も顔を出す。つまるところ、その麻雀クラブは、バブルを反映した、出どころのわからぬ金を握った人種たちの巣窟《そうくつ》といってもいい存在だった。

その日も、仕事が終わるのを待ちかねたように、榊は顔を出した。

数回の勝負を終えて、麻雀クラブが用意したすき焼きに箸を運んでいるとき、新たな客が顔を出した。和服姿の女だった。

一瞬、榊の目が動いた。女が華やかな風を運んできたように感じたからである。それは和服のせいばかりではなかった。

女もチラリと榊に視線をむけた。しかしすぐに何事もなかったような顔で、麻雀クラブを仕切る小宮山に耳打ちする。どうやら彼とは顔なじみらしい。

部屋には三台の麻雀卓が置いてある。動く特別卓だ。きょうはそこは卓が立ってはおらず、二卓だけだった。

空いた卓に女が座り、麻雀を打ちはじめた。しばらくたばこを吸いながら、榊は女の表情を盗み見た。

瓜ざね顔で色白。さっきチラリと視線をよこしたときの、ゾクッとするような色気をたたえた目。なにより女の持っている艶やかな雰囲気が榊の気を引いた。

食事を終えたとき、女の卓の客がひとり腰をあげた。小宮山のことばに、榊は空いた椅子に腰を下ろした。

「水穂さん」小宮山が女にいった。「こちら、坂樹さん、よろしく」

この秘密クラブでは、初対面の客にはこうして彼が互いの名前だけは紹介してくれる。しかし頼まぬかぎり、それ以上のくわしいことは一切しゃべらない。雑談の折りに、互いの素姓を何とはなしに知るだけだ。

あらためて見ると、榊がこれまで顔を出した銀座の店でもお目にかかったことのないほどの美形である。

水穂と教えられた女は、榊のほうにうなずいて見せただけだった。

麻雀を打ちなれてはいたが、水穂の腕はさしたるものではなかった。だが女にしてはなかなかの度胸で、この高額レートにもかかわらずまるで臆したところがない。

二時間ほどで、水穂が腰をあげた。

半チャンひと勝負ごとに現金で清算する麻雀であるが、榊が加わってから水穂はバッグのなかから三つ帯封を出している。つまり三百万以上は負けていることになる。

その日の帰りしな、小宮山から水穂が銀座の「イタリアーノ」に勤めるホステスであることを知らされた。「イタリアーノ」はその筋の人間が愛用する高級クラブとして知られている。榊も名前だけは耳にしていたが、まだ一度も顔を出したことはない。

それから三日目、ふたたび水穂と雀卓を囲んだ。その日の彼女はツイていた。三面待ちのリーチに、嵌《カン》チャン待ちで追っかけ、三度が三度ともそれに勝つという有様だった。

途中、ツキを変えるためにソファで休憩を取っていた榊の前に水穂も座った。

「きょうはツイてなかったみたいね」

水穂が榊に初めて口を開いた。榊は九百万ほど負けていた。

「いや、まいりましたよ」

「たまには、いいでしょ」水穂がやはり初めての笑みを榊にむけ、訊いた。「これから、まだ……？」

「もうやめようかな。きょうはだめだ」

「そう……」

なにかいいかけたが、セーラムをくわえて水穂がその口をふさいだ。

「これから、お店？」

「そう。麻雀のほうがいいんですけどね」

時刻は九時半だった。店に顔を出しても、あと二時間もないだろう。

「株をやってるんですって？」

水穂が自分の仕事を知っているのが意外だった。

「もしよかったら、お店にいらっしゃいます？　ツイていた分を奢《おご》りますわ」

榊はうなずいていた。

それを機会に「イタリアーノ」には二度つづけて顔を出した。むろん水穂の客である。

三度目のとき、店が終わってから飲みにいこう、と水穂に誘われた。

赤坂のディスコと六本木のゲイバーをはしごした。

水穂は白いベンツに乗っていた。酔いの回った手で強引に車道をつっ走る。

榊は飯倉の裏手のマンションに住んでいた。送る、という水穂に榊はいった。

「恥をかくのは一回と決めている。つき合わないか」

水穂の目が妖《あや》しく光った。

そのとき榊は彼女が応じる確信を持った。もうこうした場面は何度も経験している。

「一回口にしてだめだったら、二度とは誘わない」

「なれてるのね……」

口ぶりに警戒の響きはなかった。

水穂が車を駐車場に入れたのは、溜池のAホテルだった。

しばらく水穂との逢瀬を重ねるうちに、彼女の全容がわかってきた。

「もう三十五歳、銀座のホステスとしてはおバアちゃんよ」

笑いながらいう表情には余裕があふれている。銀座ではただ若ければいいというものではない。話題の豊富さ、話の間の取り方、常に男の視線を浴びる容色、持っている客筋、そうした諸々がホステスとしての格につながる。

「イタリアーノ」はホステスが百人ちかくもいる、銀座でも屈指の高級クラブである。そのなかでも水穂は別格の存在として、他のホステスたちから一目も二目も置かれていた。店への出勤も拘束されていない。専用のヘルプを数人抱え、遅くなるときには彼女たちに客の相手をさせ、閉店間際のほんの一、二時間だけ顔を出して平然としている。

しかしそれに対して客が特に不満を持っている様子もない。つまるところ客のほうも、水穂の客である、ということで自尊心をくすぐられるようなのだ。

確かに水穂の客筋には、目を見張るものがあった。大会社のお偉いさんもいれば、歌舞伎の花形役者、スポーツ・芸能畑のスターたちもいる。

そうした客より、なによりも榊が驚いたのは、その筋の親分連中に水穂が大変顔がきくということだった。

「困ったことがあったらいって、なんでもだいじょうぶだから……」

商売柄、榊の会社にも時々理不尽なことをいってくる客もいる。しかし榊は、これまではなんとか自分の器量でそれらのトラブルを収めてきた。

その意味では、水穂のことばは心強いかぎりである。だが榊は彼女の申し出でをありがたくおもう反面、そのつき合い方に、これまでの女とはちがう一線を画しておかなければいけない、と考えはじめてもいた。

水穂との仲はますます深まった。

客だという会社社長のクルーザーに乗り葉山や油壺で遊ぶ。伊豆の温泉めぐりをする。時には、大阪や京都のほうにも旅をした。夜は夜で、水穂の仕事が終わったあとに、銀座、赤坂、六本木の名だたる店に顔を出す。

遊び人の榊をしても、水穂と過ごすそうした時間はかつて覚えたことがないほどの刺激に満ちたものだった。

「俺のどこが気に入ったんだ？」

寝物語に水穂に訊く。

「一緒にいて、ラクなのよ」

「ラク？　どういうことだい？」

「わたしのことを束縛しないいし、自由に泳がせてくれている。それに、一緒にいると地《じ》のままの自分でいられる。そんな自然体で過ごせる時間が好きなの。自分の呼吸で生きているという感じ……」

「いままでつき合った男たちというのは、水穂のことを束縛したのかい？」

「男って、そういうもんだとおもっていた……」

水穂は高校を卒業した十八歳のとき、母親とふたりで神戸から上京したという。繊維問屋を手広く経営していた父親が女をつくったかららしい。

母親は彼女の目から見ても派手好きで、遊び好きな女だった。特に競馬には入れ込んでいた。父親が外に女をつくったのは、あるいはそれが原因だったのかもしれない。

西武線沿線のアパートに居を構えてすぐに、母親が銀座のクラブの働き口を見つけてきた。銀座でも何本指かに数えられる、ママが時々マスコミにも顔を出す超高級クラブとして名の知れた店だった。社会に出て水穂が最初に就いた仕事が、ホステスという職業だったのである。

あなたはわたしの目から見てもホステスにむいているのよ——。母親はそういった。

神戸時代は裕福で、世間の垢にもまみれていなかった。親族や知り合い、心を許せる友だちがひとりとしてこの東京にはいない水穂にとって、母親だけが唯一頼れる、そして社会に出るための助言者だった。彼女はそのことばに従うしかなかった。

店に出るようになってからの母親はやさしかった。血を分けたたったひとりの娘だから優しくしてくれるのだと水穂はおもった。雨が降り出せば、傘を持って深夜の駅で水穂の帰りを待っていてくれたり、どんなに遅くなっても夜食の用意をして待っていてくれる——。

最初の男は、客として来ていた不動産会社の社長だった。

ある日、男の会社が持つ箱根の温泉施設に母親とふたりで招待された。男が強引に水穂を襲った。必死でその手を振り解《ほど》き、隣室の母親に助けを求めた。だが母親の姿はなかった。すべてが終わったとき、水穂は雨が降りしきる山の坂道を裸足で泣きながら走っていた。

それらのことがすべて母親と男との間で作られた脚本であったことを知ったのは後のことである。

水穂は初めて母親を憎いとおもった。しかしそんな母親でも、彼女にとってはたったひとりの肉親だった。水穂は年老いた母親を捨てることはできなかった。

男とは二年で別れた。いま住んでいる四谷のマンションは、母親が男と直談判して慰謝料替わりに手に入れたものだ。

それから何人もの男たちとつき合った。その度に、母親は水穂に男に引き合わせることを求めた。

自分の身が安全かどうか、それを確かめたいのよ……。

「イタリアーノ」に勤めるまでに、店は三度替わっている。替わるたびに、水穂のホステスとしての格は上がっていった。

「男と女という関係になれば、男はみな女を束縛するものだとおもっていた。男が仕事にでるときには身支度を整え、お風呂では背中を流す。男にいわれるままにどこにでも顔を出したし、ついて来いといわれればその通りにした……。まるでお人形さんね。自由の代償はお金だけ。母親は、そんな生き方がおまえには一番合ってるって……」

そういって水穂が目に涙を溜めた。

その涙を見たとき、榊は水穂の話をすべて信じた。そしてつづくことばを耳にしたときには、彼女との間の垣根がまたひとつ取り払われたようにも感じた。

「あなたと一緒にいてすべてから解放されるこのひとときが、わたしにとってはまるで宝物みたいな時間よ。ありのままの姿で一緒にいられることがこんなにすばらしいこととはおもわなかった。わたしはあなたが好き……。たぶんこれが本当の恋愛なんだわ……」

4

三枚書いたところで、ペンを置いた。朝の十時に机にむかい、五時間かけてたったの三枚。

どうも集中できない。原因はわかっている。水穂への返事をどうするか、まだ迷っているからだ。そろそろ連絡があるのではないか。

そうおもっているそばから電話が鳴った。その音がふんぎりをつけてくれた。

やはり水穂だった。

「メンバーによっては、やってもいい」

参加者の名前を訊いた。

——日下部さんと矢内さんよ。

「矢内というと、あの風船野郎か？」

仲間内では、矢内のことを風船野郎と陰口を叩いていた。

前歴は定かではないが、榊より三つ四つ年下の男で、大ボラをふくので有名だった。秘密麻雀クラブに顔を出していたころは、全国に飛行船基地を作り、「空の遊覧飛行」のキャッチフレーズでフランチャイズの参加者を募っていた。そこでついた渾名《あだな》が、風船野郎――。十数億からの金を集めたらしいが、その後の経緯については知らない。

「わかった。やることにしよう」

もしメンバーにややこしい筋と絡んでいる男がいたら、榊は断るつもりだった。警察を恐れているわけではないが、後々面倒に巻き込まれることだけは願い下げだ。

「で、いつなんだ？」

――今度の日曜日ではどう？

金の算段が脳裏をよぎった。四日後なら、S社に頼めばなんとかなりそうな気がした。あそこは漫画で儲けて潤っている。

場所は赤坂の麻雀屋で、集合時間は夜の七時だという。

――ちょっと会えないかしら？

「これからか？」

――そう、麻雀をやる前に相談があるの。

どうせきょうは仕事になりそうもない。榊は承諾した。

西麻布のフランス料理屋、「サガン」。隅のテーブルに水穂が座っていた。きょうは先日とはうって変わった淡い水色のスーツを着ている。

むかし何度か水穂と来た店だった。夕食時間前で、お茶を飲むぶんには迷惑にならない。

「相談というのは?」

コーヒーを頼み、水穂に訊く。

「黙っていようとおもったんだけど、やはりあなたに嘘はつけない」

「嘘? どういう意味だ?」

「麻雀、グルなの」

そもそもは日下部が考え出したらしい。あの当時の仲間で、なんとか息をついている人間に話を持ちかけてそいつをカモにする。一対三、それにトップ取りということであれば、麻雀はまちがっても負けない。三人の内の誰かが勝つようにし、その者にどんどん打ち込めばよいからだ。そして三百万を三人で分けるのだという。

「なるほどな。俺はカモってわけだ」

笑いながら榊はコーヒーを口にした。どこか苦い。日下部とはあれほど仲が良かったではないか……。

「いま、矢内と日下部のふたりはどうなってるんだ?」

矢内は事業が頓挫し、集めた金も返還できなくなって訴えられたらしい。

「でも悪運が強いのよね。警察も見送ったらしいわ」

いまはその当時の女が働きに出てヒモ同然の生活だという。

「日下部は？　女房と離婚したらしいが」

風の噂にそれぐらいは耳にしていた。だがこの夏に偶然会ったときは、ほんの数分立ち話をしただけでくわしいことは聞かなかった。

「しょせんは髪結いの亭主だという認識が薄かったのよ、あのひとは。後始末で、実家からも相当な額を面倒みてもらったみたい。そのせいで目下、謹慎中の身よ」

総額でもまだ三億からの借金を抱えているという。

「なるほど、それぞれの冬ってわけか」

いいながら榊はたばこを手にした。

そこまで聞けば十分だった。そもそもこの麻雀をやってもいい、という気持ちになったのは、たとえ負けても「バブル後の人たち」とでもいう内容の短編のひとつも書くことができるのではないか、とのスケベ心が働いたからだった。

「じゃ、この話はお流れだな」

「そうじゃないの。相談というのは、じつはわたしと組んでほしいの」

「水穂と組む？」

「そう。矢内はあんな男だし、日下部さんだって実家が裕福なんだから、いずれは再起の目もあるでしょう……」

言外に自分にはなにも残っていない、とでもいうような響きがある。しかもその原因の一端は榊にある、と。

「……」

榊は目を細めてたばこの煙を吐きだした。

水穂は何千万からの収入がありながら、そのほとんどが麻雀と生活費に消えていた。一流のホステスともなると、その支出も想像外のものがある。それに、あの母親だ。つき合っていたときに、水穂が収入の割りにはそれほど預金がなかったことは知っている。バブルがはじけ、銀座は不景気に見舞われた。水穂は未収金もずいぶんと抱えたのではないか。別れたあとの苦労は推察がつく。

「三人で分けても、たったの百万。あなたと組めば絶対に勝てるわ。そうすれば、ふたりで分けて、三百万ずつ」

水穂がさらりとした口調でいう。

つまり自分が勝つように仕向けるということだろう。水穂が勝っては意味がない。

しかし水穂がこんな話を持ちかけてくるとは……。彼女の窮状が知れた。

「矢内と日下部か……」

榊はふたりの顔をおもい浮かべた。

矢内はどうでもいい人種だ。だが日下部には情がある。しかし彼にとってもいい薬ではないか。人生をいつも他人に頼ってばかりいたことへの罰とでも考えれば、三百万など安い授業料だろう。それに勝ったら、分け前などもらわずに、その金をすべて水穂にやればいいではないか。かつて黙って彼女のもとを去ってしまったせめてもの罪滅ぼしになる。

「わかった。でもサインや符丁の類はなしだ。それで負けたら潔くあきらめるんだな。どのみち、俺が負けても、水穂の手元には百万は入る勘定になるし――」

5

靴を履いていると、春菜が自分の部屋から顔を出した。

「どこ行くん?」

「ちょっとな……」

春菜の目がキラリと光った。

靴ベラが入らぬふりをして榊は視線を外した。一緒に住むようになって自分の行動パターンはすべて押さえられている。日曜日にどこかへ出かける口実などすぐに見破られるに決まっている。

こっそり出かけて、春菜にはあとで顚末を報告する気だった。

「なにが、無頼《ぶらい》やねん。単なるアホやんか。ま、自分で稼ぐお金やさかい好きにしたらええわ。でも負けたら、家にいれんさかいな」

春菜がくるりと背をむけた。

表で車を拾った。

あいつにかかったら形無しだな……。おもわず、口元に苦笑いが浮かんでしまう。

水穂に教えられた麻雀屋はすぐにわかった。路地裏の、古ぼけたビルの四階。日下部の知り合いの店だという。

ドアを開けると、すでに三人が顔を揃えていた。他に客はいない。

「よう、久しぶりだな」

日下部がやや薄くなった頭頂部を両手でなでながらいった。矢内が無言で会釈をよこす。水穂も小さくうなずく。

「きょうは貸し切りでな。遠慮なく打てる」

卓を囲んで、しばらくむかしの仲間の噂話に花が咲いた。消えて行方知れずになった者が四人、他の面々のいずれも借金に喘《あえ》いでいるらしい。

「元気にやってんのは、サカやんぐらいのもんさ。なんせ作家先生だもんな」

日下部がそういって、口元ににやりと笑みをもらした。

「きょうの集まりの趣旨は水穂から聞いたろう？」

榊はうなずいた。

「ルールは、以前と一緒だ」

東風戦。ノー聴《テン》親流れ、食いタン、先づけ、なんでもあり。赤ドラも入っている――。

日下部が立て板に水のごとく説明する。

「飛び、は一万点、プラスか？」

「当たり前だ」

箱点《ハコテン》を割ったらゲームセット。しかし、箱点になった者は、箱点にさせられた相手に罰として一万点を献上する。つまり、たったの千点を振り込んでもそれで箱点になれば一万一千点を振り込んだことになる。したがって一発大逆転の可能性を秘めているわけだ。

「泣いても笑っても、十回戦だ。恨みっこなし、だぜ」

よくいうよ――。水穂から内情を聞いている榊は、日下部の滔々《とうとう》としたおしゃべりに内心で舌打ちした。だが逆に、それが水穂とツルんでいることの後ろめたさを帳消しにもしてくれる。

「じゃ、これ」榊は紙袋から帯封のついたままの三百万を取り出し、日下部にいった。

「クサやんが管理しとけよ」

日下部が金を受け取り、指先でパラパラと札をめくっている。

「そっちは？　別に疑うわけじゃないんだが」

「おう、そうだよな」

日下部と矢内が内ポケットから薄い封筒を取り出した。

「きょうは日曜日で現金ってわけにはいかなかったんだ」

榊に見せたのは、金額三百万とチェックライターで打ち込まれた小切手だった。しかも振出人は日下部でも矢内でもない、榊の知らない「服部工務店」という会社になっている。

「話がちがうな」

榊は水穂に目をやった。

「ちょっと見せて」

水穂が自分の金を卓に置き、小切手に手を伸ばした。

「服部さんの所から、借りてきたのね」

水穂が小切手を一瞥し、榊に目をむけた。

「服部さんならだいじょうぶ。心配しなくてもいいわ」

水穂がそういうなら納得せざるを得ない。

一回戦がはじまった。

むかしのレートと比べれば天と地ほどのちがいがあるにもかかわらず、なんとなく全員がぎこちない。口数も少なく淡々と勝負が進められていく。

榊は日下部と矢内の打牌に注意をした。どうやって組んでいくのだろう……。

水穂の話では、最初の四、五回戦は様子を見るとのことだった。そして三人のなかで一番ツイている者を選び出し、後半戦でその者にトップを取るように仕向けてゆく。むろんいつも水穂は脇役だ。

黙聴《ダマテン》の小競り合いがつづき、すぐにオーラスを迎えた。トップは矢内で、榊は三番手。

「リーチ」

親の矢内が千点棒を卓上に放った。

三巡後、簡単に矢内が自摸《ツモ》上がりをし、順位が確定した。

「最近、あまり麻雀はやってないのかい？」

点数を書き込みながら、日下部が訊いた。

「街のフリー雀荘で時々つまむぐらいだな」

事実、めっきりと麻雀をやる機会がなくなっている。それに、以前ほど麻雀に対して熱もなくなっていた。

緒戦で緊張がほぐれたのか、それ以降、いくらかの無駄口をはさみながら勝負がつづけられた。

原田っていうやつがいただろう？　日下部が笑いながらいう。外車の販売をやっていたやつだよ。あいつ、一台のベンツを五人も六人もに売っていたらしいぜ。写真と書類だけを見せて注文を取り、前金を貰っちまうんだ。おかげで、仕入れた五台のベンツに三十人からの買い主が現れた。てんやわんやの大騒ぎをしたときにゃ、当の原田は金を握ってドロンさ――。あっ、悪いな、そいつは当たり、だ。

二回戦は、日下部のトップで榊がラス。水穂がチラリと視線を送ってくる。榊はそれを無視した。

三回戦、ラス前で水穂がリーチをかけてきた。トップ目は榊。自分にトップを取らせるつもりなら、こんな場面でリーチをかけることはない。そこが水穂の麻雀の未熟なところだ。自分の手に溺れてしまうのだ。むかしから水穂の麻雀は、賭け事としての麻雀ではなくゲーム感覚のそれなのである。

どうやら高そうな手だった。しかしたとえ水穂がこれを上がってトップを取ったとしても意味がない。

榊にも大きな手が入っていた。索子《ソウズ》の四七待ちで、四索《スーソウ》で上がればタンピン三色のドラドラでハネ満だ。

水穂には、ここ、という肝心な場面でのツキがない。それは麻雀にもいえるが、人生においてもそうだ。

結婚しようとおもった相手はいなかったのかね？　そう榊が訊いたことがある。

九州の大病院の院長先生だったわ。奥さんも子供もいたのに、わたしのことを本気で愛してくれた。学会で東京に来たときに知りあったの。離婚して、わたしと一緒になると約束してくれたわ。わたしもその気だった。愛していたかどうか、それはわからない。でもいつまでも銀座勤めなんてできるものでもないし――。わたしも人並みに結婚に憧れたのよ。夏にハワイに連れていってくれた。成田に戻ってきたとき、病院の事務長が青い顔で待っていたわ。奥さんがわたしとのことを知って、自殺を図ったというの。でも死ななかった……。植物人間になってしまったの。彼、泣いて謝ったわ。罰だって。奥さんを捨てることはできないって――。結婚をしようとおもったひとは、後にも先にもその彼だけだった……。

「ロン」

水穂が捨てた四索で、榊は声を発した。

「どんな手だったんだ？」

日下部が眉をひそめ、水穂の手牌を広げてのぞき込む。彼女の手は自摸れば四暗刻《スーアンコウ》という役満だった。

東風戦の勝負は早い。五回戦が一時間半ほどで、あっという間に終わった。

「小計しておこう」

日下部がいい、点数表の集計をした。

ここまでの順位は、トップが日下部、二位が矢内で、三位榊、ラス水穂という順。

動きだすのは後半戦よ——。水穂のことばが榊の頭をよぎった。

これからは日下部か矢内のどちらかがトップを取れるように打つのだろう。

それでも六、七戦はおとなしかった。露骨な動きが出たのは八戦目だった。矢内の日下部への打ち込みが多くなる。この回も日下部のトップで終了。それでも榊はなんとか僅差の二着にすべり込んだ。

九回戦目も日下部がトップ。榊は三着。

「ふぅ、これでいよいよ最終回だ」

日下部がそれとなく矢内と水穂に視線を送っている。

総合計で、トップの日下部と二位の榊との点差は四万点弱。これはかなりきつい。矢内は前にも増して日下部を援護するだろう。

チラリと水穂を見た。組もうといった割りには、これまでの水穂は榊を助けるような動きはしていない。

榊は半分あきらめていた。まあ勝てなかったとしても仕方がないだろう。それも彼女の運ということになる。四索を振り込んだところなど、まさにそれを象徴していた。

最後の十回戦目も、あっという間にオーラスを迎え、最後の親は日下部。

トップはやはり日下部で、二位の榊とは総合点で四万一千点もの差があった。唯一、日下部を逆転できるとしたら、役満の手を作り、彼から直撃するか、榊が自力で自摸上がりすることだけだ。

しかしその可能性となると、それこそ砂山でダイヤを捜すに等しい。

水穂と目が合ったとき、榊は因果を含めるように軽くうなずいてみせた。

「どうやら、勝負ありかな」

親の日下部が余裕の笑みを浮かべて、全自動卓のサイコロボタンを押した。

クル、クルッと回転したサイコロが止まり、日下部が山から配牌《ハイパイ》を取りはじめる。

手を見て、榊の胸は高鳴った。

白《ハク》、發《ハツ》、中《チユン》、そのどれもが対子《トイツ》になっている。

三巡目に白が暗刻《アンコ》になったときは、胸の動悸がさらに激しくなった。六巡目に發までひいて暗刻にしたときは、さすがに唖然となった。なんの苦労もなく役満の聴牌《テンパイ》である。

待ちは、中と二筒《リヤンピン》のシャンポン。

親の日下部が水穂の捨てた九万を、七八九の形で食いを入れた。万子《マンズ》の混一色《ホンイツ》ではなさそう。となれば、役牌の先づけ——。

見透かしたように、矢内が東を切る。すかさず日下部が、ポン。

一巡回って、水穂が中を捨てた。

「ロン」榊は手を広げた。「悪いな、クサやん。逆転だろ？」

子の役満は三万二千点。しかし振り込んだ水穂は箱点で、一万点が追加される。つまり榊の上がりは四万二千点となり、日下部とは千点の差で逆転だった。

「ふぅん」

日下部が水穂の捨てた中をしげしげと見つめている。

6

Aホテル。ロビーを横切りエレベーターにむかう。

教えられた部屋のチャイムを鳴らした。すぐにドアが開き、水穂が顔を出す。

「ちょっと一杯飲《や》ろう、って誘われてな」

日下部と麻雀屋近くのスナックで一時間ほど飲んできた。

先に出た水穂は一度家に帰ったのだろう、麻雀をしていたときのパンツ姿ではなく赤いスーツを着ていた。

窓際のテーブルの椅子に腰を下ろし、榊はたばこをくわえた。

飲み物は？　水穂が訊いた。榊はコーヒーを頼んだ。

水穂がベッドに腰を下ろしてルームサービスに電話をしている。榊は皺《しわ》ひとつないベッドカバーを見つめた。

むかし水穂と同じような場面を経験したことがあるような気がした。

「これ、ふたつともプレゼントするよ」

電話を終えた水穂に、榊はいった。

テーブルの上には、彼女から受け取った三百万と日下部たちからせしめた二枚の小切手が置いてある。

チラリとそれを一瞥し、水穂がいった。

「だめよ、約束通り、ふたりで等分……」

「最初からそのつもりだったんだ。受け取ってくれ」

「お情け、ということ？」

水穂がセーラムを取り出し、口にくわえた。

そういう意味では――、喉まで出かかったことばを榊は飲み込んだ。水穂のせめてものプライドかもしれない。ならば、彼女のいう通りにしてやるべきだろう。

ルームサービスの声に、ばつの悪い間が救われた。

小切手には手をつけず、水穂が自分が持ってきた現金だけをバッグにしまい込む。

ポットからコーヒーを注ぐ水穂の白い手を見つめた。

七年前——。水穂と泊まったこのホテルの部屋から、榊はなにもいわずに突然姿を消した。

転がり込んだのは、貧乏だが歌や芝居に夢を抱いていた清美という女の四畳半一間の部屋だった。

その三日後、榊のもとに水穂から電話があった。ずっと待っていたのよ……。わたしにいけないところがあったらいって……。

それをいけないことというかどうか。あのとき、急に金の匂いのするすべてが嫌になった。水穂が身にまとっていた高価な洋服。肌にしみついた香水。口紅の色にさえも嫌悪感を抱いた。

終わりにしたいんだ……。そう一言だけ水穂にいった。それが水穂と交わした会話の最後だった。

水穂とつき合いだして一年ほど経ったころ、榊の会社が傾きはじめた。バブルに陰りが出たこともある。しかし最大の原因は、榊が相場に失敗したからだ。

元々株が好きではじめた仕事ではない。株もそれを取り巻く人間関係にも嫌気がさしていた。足を洗うべく、榊は数人の仲間たちと乾坤一擲《けんこんいってき》の相場に乗りだした。しかし仲間だと信じていた男のひとりに裏切られた。男は裏で、危うい筋の人間たちとつるんで榊に一杯食わしたのだった。

資金繰りに奔走した。客から担保として預かっていた、イギリスの有名な印象派の画家の作になる一枚の絵画。時価評価三億は下らないと見られる代物だった。それを抱えて水穂とホテルに泊まった。頼んでいた融資話の相手に会うためだ。だが話はご破算になった。

わたしに任せて――。水穂が電話しようとしたのは、榊もその名を知っている、ある広域暴力団組織の組長だった。

榊は水穂の手から受話器を奪っていた。

あれからだったかもしれない。水穂との距離を感じはじめたのは……。

「結婚したの？」

水穂がさらりとした口調で訊いた。

「しようかな、とおもっている女と暮らしている」

「そう。きっときれいなひとなんでしょうね」

「いや、丸顔の、マンガみたいな顔をした、水穂とは比べ物にならない女さ」

「しあわせそうね」

水穂が声をたてずに小さく笑った。

「水穂のほうこそどうなんだ？」

「今度、結婚するのよ。そのためにこのお金が必要だったの」

「そうか。それはよかった。俺もほんとうにうれしいよ。どうせ金持ちなんだろう？」

冷やかすようにいう。

「ううん。ごくふつうのサラリーマンよ。借金を抱えた年取った銀座女じゃ、かわいそうでしょう。だから全部清算しているの」

「そうか……。で、お母さんはどうしてる？　元気なんだろ？」

「相変わらずの遊び好きよ。競馬もつづけていて、ピンピンしているわ」

「それはなによりだ。結婚したらお母さんはどうするんだ？」

「そんなババつきでもいいって。いまどき珍しいでしょ？　すごく優しいひとなの」

ふたたび水穂が白い歯を見せた。

榊は、その笑顔がこれまで彼女が見せたなかで一番きれいだと感じた。

「じゃ、そろそろ行くわ」

バッグを抱えて、腰をあげかけ、ふと、気づいたように水穂がいった。「お願いがあるんだけど……」

「なんでも。遠慮なくいってくれ」

「その小切手、すぐに現金になるでしょ。できたらわたしの取り分、あなたの持っている現金で立て替えてくれないかしら……。できたら、これから持っていきたい所があるの」

榊は小切手と水穂を交互に見た。懐には、きょうのために用意した三百万が入っている。

「いいとも。結婚のお祝いとはいえないが、そんなことですむならお安いごようだ」

榊は懐から三つの帯封の金を取り出して、水穂に渡した。

「ありがとう」

金を収《しま》い、水穂が頭を下げた。

そしてなにかいおうと口を開きかけたが、首を振り、水穂がくるりと背をむけた。

四日後の木曜日、榊は四谷にある水穂の若葉町のマンションを訪れた。しかし彼女の姿はなかった。正確にいえば、男から慰謝料替わりに手に入れたという彼女の部屋は一か月前に競売に付されて人手に渡っていた。

日下部に聞いた彼の住居には、他人の表札がかかっており、聞いていた電話番号にかけてみると、返ってきたことばは、この電話は現在使われていません――、というものだった。

矢内については居所どころか、電話すらも知らない。

夕暮れの道をとぼとぼと榊は歩いた。急に笑いが込みあげてきた。

日曜の夜の春菜の顔がちらついた。

ようやった、オッサン。三百万でなに買《こ》ウてくれるんねん？

小切手の不渡り通知を耳にしたら、春菜はどんな顔をするだろう。というよりどんなドヤシことばを投げてくるだろう。

しかし榊は、自分が水穂にした仕打ちからすれば、こんなことは大したことではないような気もした。

あきらめようとおもった。だが、身体のどこかで、なにかが引っかかっていた。金が惜しかったわけではない。

あのプライドが高く、そして輝いていた水穂が、日下部や矢内などという輩《やから》と手を組んでいたということが、どうしても榊には信じることができなかったのだ。

来ては嫌よ……。フランス料理屋で水穂が教えてくれた料理屋のことが頭に浮かんだ。

だがそこまですべきだろうか。しかし榊は目の前に来た空車に手を上げていた。

神楽坂のはずれ――。「夕霧」の看板は、黒塀から路地に突き出るようにして掛かっていた。

戸を開けると、赤いたすきをかけた中年の女が出てきた。

「女将さんを」

女が怪訝《けげん》な顔をした。

「水穂さんという方なんですが、あるいはちがう名前になっておられるかもしれません。こちらで雇われ女将になっておられると聞いてきたんですが」

女の顔に合点の表情が浮かんだ。

「先月、やめられましたよ」

「やめた?」

「ええ、結婚するんだとか……。いいですよね、きれいなひとは。聞くところによると、相手はものすごいお金持ちで外国で暮らすらしいですよ」

礼をいい、店を後にした。

平凡なサラリーマンだ、と水穂はいった。いま聞けば、相手は大金持ちだという。しかも外国? しかし水穂は競売でマンションを失っている。いったいどちらの話がほんとうなのだろう。

榊はなんとなく意地になっていた。

公衆電話ボックスが目につき、足がむかった。

あの男なら水穂の家を知っていそうな気がした。かつて「イタリアーノ」の社長だった石原。クラブの時代は終わった——、そういって店を人手に渡し、いまは代官山でレストランをやっている。開店の案内状が来たときに一度その店には顔を出したこともある。石原とは、彼がまだ「イタリアーノ」の社長だったころに、水穂と三人で何度か食事をしたこともあり、彼女が一番信用していた男だ。

手帳を繰り、電話を入れた。すぐに石原のダミ声が耳に聞こえた。

――いや、ご活躍ですね。時々、先生のご本を読ませてもらってますよ。

如才のないかわりに実もない台詞《せりふ》を封じて、榊はおもいきって口にした。「じつは、水穂のことなんだが……」

――えっ、水穂？

「いや、誤解しないでくれ。変な話ではないんだ。人づてに彼女が結婚するという噂を聞いてね。ほんとうなのかい？」

もしそうなら、祝いのひとつも送ってやりたいので住所を知りたいのだが、と榊はいった。

「そうですか……。そんな噂が先生の耳にも入りましたか」

そういってから、石原がちょっと間を置いた。

「じつは、私もしばらく彼女とは音信不通だったんですが、この日曜日に久しぶりに会いましてね。ほら、先生も知っているでしょう、九州の病院長？」

水穂が結婚しようとしていたあの病院長のことだろう。榊は知っていると答えた。

「彼女が結婚するという相手、じつはあの病院長らしいんですよ。どうやら奥さんが亡くなったらしいんですね」

「ほう、そうだったんだ」

疑念は口にせず、榊は耳を立てた。

「景気がこんなんですから、彼女も大変だったのは聞いていたんですが……、それに呆《ぼ》けはじめた母親も抱えてますしね」

その病院長と結婚するのにいろいろと整理したいことがあるの、でもきょうは日曜日だし――。そういってその日の昼に、明日返すといって三百万を借りていったという。

「むろん、約束通りお金は返してくれましたけどね。あっ、こんなことよけいな話だったな、先生だからおもわずしゃべっちゃいましたけど。彼女には内緒にしておいてくださいよ」

そんなわけだから水穂の将来を祝福してやってほしい、とことばを添えて、石原が住居と電話番号を教えてくれた。田端だった。

電話ボックスを出て、すっかり日が落ちて暗くなった坂道を榊はまたとぼとぼと歩いた。

迷っていた。どれがほんとうでも嘘でも、もういいではないか。水穂のことはそっとしておいてやろう。だが、もうひとりの自分がつぶやく。やはり水穂がどうなっているのか確かめるべきだ……。

そのときには、榊は目の前に通りかかったタクシーに手を上げていた。

田端には二十分ほどで着いた。

教えられた住所のすぐ手前で車を捨て、細い路地に入ってゆく。

街灯の明かりのなかで、路地を占領するように引越屋のコンテナトラックが駐《と》まっている。

不意に、数人の男たちが前のモルタルアパートの一階から荷物を運び出している。

アパートの玄関先から水穂が姿を現した。化粧っけのない顔で髪を後ろに無造作に束ねている。つづいて白髪の老女が顔を出した。

慌てて榊は電柱の陰に身を隠した。

荷物を指さして、水穂が男たちに何事かを指示している。その隣で、老女がぶつぶつと独り言をつぶやいている。

ふたりの姿がふたたびアパートのなかに消えたのを目にし、榊はトラックの方に近づいていった。

新潟はもう雪なんじゃねえのか――。

男たちの会話が耳に入る。

母親の故郷は新潟の柏崎なの。海がとてもきれいな所らしいわ――。そういっていた水穂のことばがふと榊の脳裏をよぎった。

チラリとアパートに目をやったあと、榊はもと来た道を足早に引き返した。

その日の夜、榊は春菜にいった。

「アメリカン・ルーレットをやってたやつがお縄になった。あの小切手は現金に替えると危ないんだ。なにしろ、振出人はいま留置場だからな」

「ほな、オッサンの三百万はどないなるねん？」

「いい物語がひとつ書けそうだ」

榊はゴロリと背をむけた。

「アホか。それとこれとは別のハナシやろが。ほんまに、焼けぼっくいに火がついたんやないやろうな」

ベッドの下からカワチが榊を見上げている。

「こらカワチ、むこうへ行け」

「カワチやないって、何度ゆうたらわかるねん」

榊は春菜の腰に手を回した。

イヴの贈り物

1

カウンターの後ろ、洋酒棚に置いてある鳩時計のなかの鳩が飛び出し、十一時を知らせた。

戸辺和人はそれを確かめるように、自分の腕時計にも目をやった。ポッポーという鳴き声の余韻が、かすかに流れるホワイトクリスマスの曲と重なる。

九時ちょっと前に店に着いたときには五、六人いた客も、三十分ほど前から帰りはじめ、いまは、カウンターの隅に、五十がらみの男がひとり静かに飲んでいるだけだ。

「どうやら振られたようですね」

カウンターのなかでグラスを磨いていた河津が目元に笑みを浮かべて、戸辺にいった。

「ああ、寂しいけれど、そのようだな。でも、喜ぶべきことなんだろう」

約束の九時をもう二時間も過ぎている。時間はきちんと守る娘だ。それに電話もかかって来ない。つまり、彼女にふさわしいようなイヴの夜がようやく手に入ったということなのだろう。そのことは河津には話してあるので、彼も知っていることだ。

「じゃ、寂しい男同士でメリークリスマスでもやるとするか」

もし、そういうことなら陰ながら恵子にお祝いもしなくてはならない。ドンペリをあけてくれるよう、戸辺は河津にいった。彼がシャンパンに目がないことは知っている。

「それは豪勢ですな。しかし、こいつは私からのささやかなクリスマスプレゼントということにしておきましょう」

河津がカウンターの下からアイスバケットを取り出す。

なかにはすでに冷やされたドンペリが一本入れてあった。どうやら河津は、最初からその腹づもりだったらしい。

シャンパングラスをテーブルに三つ揃えると、河津がドンペリの栓を抜いた。ポン、という乾いた音が、ふたたびホワイトクリスマスの曲と重なった。

シャンパングラスのひとつを、河津が隅の客の前に置く。

「全員が五十過ぎの男だけという、あまりさえないイヴですが……」

河津のことばに親近感を抱いたのか、男が戸辺に会釈を送ってきた。戸辺もつられたように、男に軽く顎を引いて応じた。

たぶん男は戸辺のことを四十代の半ばぐらいとでもおもっていたのではないか。この十月に五十三歳になったばかりなのだが、初対面の人間には、いつも七、八歳は若く見られる。

「酒場の席で紹介するというのも、なんなんですが、こちらは、五井商事の鉄鋼部の部長をしている……」

河津が男に戸辺を紹介する。

「そうですか、五井商事の方なんですか」

一瞬、男の顔に、うらやむような微妙な表情が流れた。

代わって河津が男を紹介した。聞いたことのない会社だった。しかし専務という肩書きはついている。どうやら、食品の卸業をしている会社らしい。

五井さんが相手をしているような大所とはうちは取り引きがありませんが——。男が半分自嘲するような笑みを口元に浮かべた。

戸辺の勤める五井商事は、戦後解体された五井財閥の系統を引く商社で、五井グループの中核的な存在としても広く知られている。毎年行われる学生の就職希望企業ランキングでも常にベストテンに名を連ねる人気の花形企業だった。

幸いにも戸辺は私学の名門K大学を卒業後、難関の入社試験を経て入社できた。そして、当時、鉄鋼人にあらずんば商社マンにあらず、といわれたほどにプライドの高かった鉄鋼部に配属された。以来、鉄鋼畑一筋に歩み、同期の連中が脱落してゆくなか、二年前の五十一歳で部長に抜擢された。このまま順調にゆけば、将来、役員の椅子も夢ではないだろうと言われてきた。

「きょうはどなたかと待ち合わせだったのですか」

男の問いを、戸辺は曖昧《あいまい》な笑みではぐらかした。初対面の男にあれこれとは聞かれたくない。

戸辺の表情から察したのだろう、男は口を噤《つぐ》むと、ふたたび無言で酒を飲みはじめた。いつの間にか、ホワイトクリスマスは終わり、他のクリスマスソングが流れていた。戸辺はかすかに酔いを覚える頭のなかで、必死に曲名をおもい出そうとした。しかし喉元まで出かかった曲名がなかなか浮かんで来ない。

近ごろ物忘れの度合いが酷《ひど》くなった。先日も大切な商談があることを直前まで忘れていて、部下の誘いで初めて気がついたほどだ。

鳩時計に目をやる。十一時半になろうとしていた。

もう恵子は来ないだろう。彼女が幸せになることはうれしい。しかし正直なところ、寂しさも感じた。

河津がお代わりのシャンパンをグラスに注いでくれているとき、男が立ち上がり、戸辺に挨拶をして帰っていった。

「なんとなく陰気な感じの客だな」

「そうなんですよね。いいひとなんですが、どうもお酒を飲むとふさぐ癖があるようで。それも、この二、三年、とくにそんな傾向が増しています」

もう十年来の客だという。戸辺も、この銀座の「バー河津」を贔屓《ひいき》にして七年ほどになるが、男と顔を合わせたのはきょうが初めてだった。

五十を過ぎると、人生もあらかた見えてくる。それに、頭がしっかりして働けるのもそう長くはない。つまりそうした諸々のおもいが、自分を含むこの世代の人間たちを浸食しはじめるのかもしれない。おもい出そうとした曲名が出てこなかったことを考え、戸辺はちょっとやりきれない気分になった。

「恵子ちゃん、どうやらいい人ができたようですね」

シャンパンを飲み干して、河津がいった。

口調にちょっと戸辺を気づかう響きがある。もっとも、恵子との仲が、男と女のそれでないことは河津も百も承知していることだった。

「ああ、そのようだね。もし結婚とでもいうようなことになれば、俺が父親代わりで、出席することになるかもしれんよ」

「父親代わりですか。本望なんですか？　不本意なんですか？」

冷やかすようにいって、河津が笑った。

イヴの夜を一緒に過ごせるのは、私に恋人ができるまでですよ——。

三年前のイヴの夜、「バー河津」に連れてきたときに、そういって恥ずかしそうに顔を赤らめた恵子の顔が目に浮かぶ。

そして去年のイヴも、九時にここで待ち合わせた。

恵子は戸辺と同じ十月生まれだが、三十三歳も年下で、この十月に成人したばかりだ。去年のイヴも、恵子は酒を一滴も口にしなかった。お酒を飲むのは、成人してからということに決めているの――たぶん父親の一件で、彼女はそう決心していたにちがいない。

だからこのイヴには、晴れて恵子と一緒に酒を飲める、と戸辺はひそかに心待ちにしていたのだ。

戸辺が中沢恵子を知ったのは、丸の内にある五井商事本社の近くのコーヒー専門店「銀杏」でだった。

オフィス街のコーヒー党には知られた店で、そう広くはない店内は、コーヒーに目のないビジネスマンでいつも込み合っている。

経営者の吉岡は、もう七十に手が届くような老人だが、いまでも薄い朱色を織り込んだジャケットをさらりと羽織るような洒落男で、しゃべる口調にもかつての遊び人を彷《ほう》彿《ふつ》させる洒脱なところがあり、それがまた客には評判がいい。

彼の若い頃にはまだ珍しかったコーヒーの味に魅せられ、いってみれば趣味が高じて出したような店だった。たしかに、吉岡の淹《い》れるコーヒーは、渋いような甘いような微妙な味をかもしだす。

吉岡はコーヒーへのこだわり同様、店で働く女の子も厳しく躾《しつけ》ることで客に知られている。したがって店の女の子は若い客に人気があり、それを目当てに通う者もいる。彼の口うるささにもかかわらず、働く女の子たちがけっこう長続きするのは、叱ることばに彼特有の愛情を感じるからだろう。

店名が、店の前にある街路樹の銀杏からとったものなのは、その銀杏を見れば一目瞭然だった。道筋に何本か植わっているなかでも、特に幹が太く、姿形もよい。秋の終わりともなると、店の前にはその銀杏の実が落ち、それをまた吉岡がコーヒーの軽い茶うけとしてサービスもするのだ。

五井商事に入社して、先輩にすぐに「銀杏」に連れて来てもらいはしたが、戸辺が店の常連客となったのは、二十年ほど前からのことである。

当時はまだ企業戦士などということばがもてはやされ、戸辺も日夜仕事に追いまくられていた。そして出世競争に血と汗を流していたのである。そんなとき、ふと吉岡とことばを交わし、どこか心が落ち着くのを感じた。かつての遊び人である吉岡には、気負ったところがなく、彼の淡々として話すことばの語り口が妙に戸辺の心を揺さぶりもした。以来、仕事に疲れると立ち寄るようになった。一杯のコーヒーを飲みながら彼と軽口をたたき合っていると、心の和みを覚えるのだ。

三年前の、ある夏の暑い日の昼食後、休憩と涼を求めて「銀杏」に寄ったとき、戸辺は初めて恵子を目にした。

そのとき戸辺は、自分の胸が息苦しいほどに激しく鼓動するのを感じた。

一瞬、まゆみ、がいるのではないか、とおもったのだ。

戸辺は、九年前にひとり娘のまゆみを失っていた。風邪をこじらせた急性肺炎が原因という、考えられないようなあっけない死だった。まゆみはまだ小学四年生で、わずか十歳の命だった。

戸辺は一人っ子で、幼い頃に両親をなくしていた。叔父の家に引き取られて寂しいおもいをしながら育ったせいだろう、戸辺は、ひとり娘のまゆみを溺愛した。そして、娘を失ったその悲しみの矛先を戸辺は妻の慈美《めぐみ》にむけた。まゆみが風邪で熱を出して寝込んだ日、慈美は同窓会に出席しており帰宅が遅かった。深夜、異変に気づいた慈美が救急車を呼んでまゆみを病院に運びこんだが、明け方近くに息を引き取った。

これまですべてを仕事優先にして生きてきた戸辺が、初めて会社を休んだ。二週間後、出社した戸辺は、以前にも増して仕事に没頭するようになった。まゆみのことを忘れるにはそれしかなかった。あのときの悲しみは薄れはしたものの、まだ戸辺の心は完全には癒《いや》されていない。

最近まれに見る純朴ないい娘だよ。吉岡がいうように、恵子は性格が素直で、色白の口元がぽっちゃりとした、美人というより愛くるしい感じの明るい娘だった。以前、吉岡の店にいた娘の友人で、その紹介で働かせてくれるよう頼んできたという。

恵子は日本橋の小さなブティックに勤めるかたわら、夜は服飾の専門学校に通っていた。オフィス街のＯＬとはちがい、土日も勤めで月曜日が休み、という変則的なものだった。その唯一の休みの月曜日に、「銀杏」にアルバイトに来ているのだった。

その日以来、戸辺は月曜日になると、激務のなかから暇をみつけては「銀杏」に顔を出すようになった。そして、ほどなく恵子と親しく口をきくようになった。

まゆみを失ったことを知っている吉岡は、月曜日には必ず顔を出すようになった戸辺の心情に察しをつけているようだった。

そんな日々が過ぎた十月の最後の月曜日の夕刻、いつものように「銀杏」に顔を出し、ふたたび会社に戻ろうとした戸辺に恵子がプレゼントをくれた。手編みの茶色のマフラーだった。戸辺の年齢に似合った渋い色をしている。

「戸辺さん、きのうがお誕生日だったでしょう」

吉岡に聞いたのだという。

「私も十月生まれなんです。でも私は天秤座で、戸辺さんは蠍《さそり》座」

屈託なく恵子が笑った。

戸辺の誕生日は二十六日だった。恵子は十五日だという。

その日、会社に戻った戸辺は、残った仕事を部下に任せて早々に退社した。あのあと、恵子と一緒に誕生日のお祝いをする約束をしたからだった。

連れていったのは、銀座の馴染《なじ》みの割烹屋だった。

「こんな豪勢な食事をするのは、初めて」

出てくる料理を前にしてははしゃぐ恵子を目にして、戸辺の頬はおもわずゆるんだ。それと同時に、生きていたら、ほぼ同い年になっていただろうまゆみのことをおもい出していた。

「十月生まれのひとは肩を寄せ合って生きていかなきゃいけないんですよ」

「なぜだい？」

「神無月というでしょ。神様が全員出雲に集まってしまうんです。だから危なくて仕方がないって……」

食事の合間に、恵子の生い立ちやいまの生活ぶりを聞いた。

恵子は浅草のアパートで、五十になる母親とふたりで暮らしていた。裁縫に心得のある病弱な母が、近くのクリーニング屋から依頼される衣服の修繕の仕事を部屋で細々とやっているだけで、家計は恵子が支えているという。

「お父さんは？」

初めて恵子の顔に陰りが出た。

「いや、話したくなければいいんだよ」

戸辺は戸惑い、悪いことを訊いてしまったと謝罪した。

「マスターには話していないんですけど、戸辺さんには……」

そういって、恵子が父親のことを打ち明けた。

戸辺より年がひとつ上の父親は、一発当ててやる、が口癖の山っけのある男だったらしい。ずぼらな性格で、真面目に仕事をしようとはしない。頭にあるのは、いつも楽して大金を手に入れることばかりだった。ときとしてまとまったお金を持ち帰ることもあったと母はいうが、恵子が物心ついたときには、母の苦労する姿を見るばかりで、一家はいつも貧困にあえいでいた。しかし高校だけはゆくように、という母の温情で、か細い家計のやりくりとアルバイトとで、なんとか高校生活だけは送ることができた。そのころから母親が病気がちになった。たぶん諸々の無理がたたったのだろう。

二年前に、その父親が、もう家には帰らない、というメモを残して突然いなくなってしまった。あんな父でも……、という当初の気持ちも、ひと月後には、ふたりで元気に生きてゆこう、と母親を慰めるように、切り替えた。

得体の知れぬ男たちが父の借金を払うよういって来るようになったのは、その直後からだった。

「お父さんは、いったいどのくらいの借金を残してたんだい？」

「一千万……。借用書も見せられました……」

「まさか、それを……」

おもわず戸辺は、恵子の目をのぞき込んだ。

父親が勝手に作った借金など、残された妻や子供に支払う義務などないのだ。まして
や悪質な金貸しの借金など、どうふくらまされたものなのか、わかったものではない。

そう説明しようとした戸辺に、返ってきた恵子の答は、この母娘のお人好しを絵に描
いたようなものだった。

君たち母娘が可哀そうだからいままでの金利をすべて棒引きにしてやる。その代わり
に借用書の書き換えをしてくれ――。

そういわれて、やくざ風の男に浅草にある金貸しに連れて行かれた。新たに作った恵
子名義の借金返済のために、いまでも月々五万円ずつ、少ない給料のなかから払ってい
るという。

「大変だな」

そういうしかなかった。やくざの悪質な手口に引っかかったのだ。いまさらどんな手
を打てるというのか。

しかし、そんな筋からの借金ともなると、金利も法外なものにちがいない。となれば、月々の五万円など焼け石に水だろう。

戸辺は胸を痛めた。と同時に、将来のあるこんな良い娘に酷い苦労をかけたまま行方をくらました父親を憎む気持ちで一杯になった。一瞬、自分がすべてを立替えようか、というおもいが胸をついた。世田谷の家のローンの残りも少なくなっているし、作ろうとおもえばできぬ額ではない。しかし百万や二百万ならともかく、一千万ともなればさすがに大きい。だがそこまでするのも、どうか……。

迷っていると、恵子がいった。

「『銀杏』で働いていると、あの周辺の会社で働くひとたちをたくさん目にするでしょう。父親がああいう生き方をしていたから、私、普通のサラリーマンとの結婚に憧れているんです」

「しかし、サラリーマンもいろいろと大変だよ」

「でも、戸辺さんを見ていると、そうはおもえません。五井商事って、とても立派な会社じゃないですか」

恵子の自分を見る目が、彼女の理想の父親像を描いているそれであることを、そのとき、戸辺は知った。

娘のまゆみを失ってから、同時に夫婦仲がおかしくなった。慈美との間がぎくしゃくしだし、いつしかお互いに溝を意識するようにもなった。何とかしなければと努力もしたのだが、すればするで逆に空回りをしてしまう。そうこうしているうちに、いまでは夫婦らしい会話も途絶えるような仲になってしまった。

次の子供を——、と慰める同僚もいたが、それはできなかった。まゆみを出産したとき、医師からは、慈美が二度と子供を産めない身体になったことを告げられていたからだ。

取引先の大手鉄鋼会社のＯＬをしていた慈美とは、戸辺が三十一のとき、恋愛の末に結ばれた。慈美は戸辺より六つ下で二十五だった。

慈美の実家は岡山で洋菓子製造会社を経営しており、彼女は女ばかりの三人姉妹の長女である。そのせいか、義父からは実家の後継者にと何度か懇願されていたが、戸辺にその気はなかった。次女か、その下の娘婿に継がせてくれるよういって、その頼みを断りつづけた。

裕福な家に生まれ、大学も出ている慈美は、まゆみを失った心の痛手と、戸辺とのあいだにできた溝の哀しみを埋めるかのように、それまでも加わっていた家の近くの文化サークル活動に以前にも増してのめり込んでいた。土日にも、家を空けていることが多い。

離婚を真剣に考えているのではないか。近ごろでは、慈美の言動に、戸辺はうっすらとそれを感じるときがある。もしそうなら、それはそれでいい、とも覚悟はできていた。

食事のあと、「バー河津」に連れていった。世間の父親が成人した娘と一緒に飲みにゆくのを夢見るのと同じく、戸辺もそれを真似たのだ。

戸辺は恵子の家庭環境について知ったが、恵子は戸辺の家庭のことを尋ねようとはしなかった。戸辺もあえて話さなかった。

年が離れているとはいえ、もし恵子とのあいだが男と女の関係なら、彼女も興味を抱くであろうし、逆に戸辺も話したことだろう。だが、戸辺が恵子に抱く感情は、まゆみとダブらせた、まさに娘に対して抱く感情だった。

「こういう場所にとっても興味があるんですけど、お酒は飲みません。それは成人してから——、と心に決めているんです。だから戸辺さんは、最初の私の飲み友だちになってくださいね」

笑いながらそういって、恵子は「バー河津」では、ジュースの類しか口にしなかった。

彼女といくらも歳のちがわない会社のOLや、時々バーで見かける若い女たちの酒を飲む姿を目にしている戸辺は、そういう恵子が新鮮で、とても可愛い存在に映った。

「このバーはね……」

戸辺は「バー河津」の店名の因《ゆかり》を話してやった。

マスターの名が河津で、しかも彼の出身地もでき過ぎのように、伊豆の河津温泉だったからだ。

「いいところですよ。行ったことはありますか？」

恵子との会話をカウンターで聞いていた河津が笑いながら口をはさんできた。

「いえ……」恵子が首を振った。「温泉なんて小さい頃に一度連れて行ってもらったことがあるだけです」

「そうですか。川端康成の『伊豆の踊子』はこの温泉で書かれたんですよ。それに海も山もきれいだ。一度、戸辺さんに連れて行ってもらったらいい」

河津が冷やかすようにいってから、他の客の前に移動した。

戸辺はおもわず恵子と顔を見合わせて笑った。

飲むほどに、自分がいかにも恵子の父親になったような気持ちになってくる。そして、カウンターに同席していた戸辺と同じ世代とおもわれる客たちの、ある種の羨望に近い視線も、戸辺の気持ちを心地よいものにしていた。

翌月の終わりも恵子と一緒に食事をした。今度は、ふぐを食べに連れていった。そして、それがごく自然の流れのように「バー河津」にも顔を出した。

そのときに、恵子が提案したのだ。

「もし、戸辺さんにご予定があればだめでいいんですが……。クリスマスイヴの夜にも、ここに連れてきてくれませんか」

恋人もいないし、若いカップルが多いようなお店には行きたくない、という。そのとき戸辺は、もしかしたら恵子は吉岡から聞いて、自分が娘を失っていることを知っているのかもしれない、とおもった。

しかしそれを問うまでもなく、戸辺は恵子の提案に一も二もなくうなずいていた。

十二月は、仕事が多忙を極め、恵子と食事をする時間がとれなかった。イヴの夜は九時に「バー河津」で待ち合わせする約束になっていた。

その日は、昼間仕事をしているあいだも、戸辺は夜が来るのが待ち遠しくてならなかった。舞い込んだ夜の商談の仕事も口実を作って先延ばしにした。

店に顔を出し、恵子にプレゼントを渡した。数日前に、Tホテルのブランド街をのぞいて彼女に似合いそうな白いカシミアのセーターを買い求めていた。

「バー河津」はクリスマスだからといって、他の店がやるような派手な飾りつけをしたり、客たちもばか騒ぎはしない。店内には、河津が選んだクリスマスソングが流れるだけという、いたってシンプルなものだ。それが戸辺は気に入っている。やはり家庭サービスをするのか、イヴの日は例年、客足も悪く、普段よりも空いている。

その日も、戸辺と恵子の他には、客がひとりいるだけだった。

戸辺の渡したプレゼントを開け、恵子が白い歯を見せた。

「私のは、こんなに豪華ではないのですが」

恵子が戸辺にプレゼントしてくれたのは、銀杏の葉を自分で刺繍した三枚のハンカチだった。

「『銀杏』に働きに行かなければ、戸辺さんには会うことがなかったんですもの。私にとっては、記念なんです」

社内のOLたちからも、プレゼントらしきものをもらうことがある。しかしそれは、いかにもお義理といえる品々で、金はかかってはいるが心が別のところにあるものだ。このように手間暇をかけた、心が感じられるプレゼントなどありはしない。

「うらやましいですな」

河津のことばも、まんざら口ばかりではないのが彼の表情からも見てとれた。

そして、その日の別れ際、毎年「バー河津」で恵子とイヴの夜をすごすことを約束した。

「でも、私に恋人ができるまでですよ」

笑いながら口にした恵子のことばが、ズシリと戸辺の胸に響いた。

恋人ができた、と娘から打ち明けられたときの父親の心情はこんなものだろう、と納得するような気持ちで、戸辺も恵子に笑みでうなずいた。

その翌年も恵子は「銀杏」の勤めを辞めることはなかったし、彼女に恋人ができたような話も聞かなければ、そんな素振りも見受けられなかった。

月に一度、ごく自然な習慣とでもいうように、戸辺は恵子と一緒に食事をし、そして夏までが過ぎた。しかし九月から十二月までのほぼ四か月だけは、断念せざるを得なくなった。中近東で契約した鉄鋼プラント建設のために、戸辺が長期出張を余儀なくされたからだ。その間、食事の代わりに、恵子からは出張先のサウジアラビアに月に一度、丁寧な手紙が届いていた。十二月の半ばに日本に戻って来ると、待ちかねたように戸辺は恵子と食事をし、そして年末のイヴの夜も前年と同じように、「バー河津」で送ることができた。戸辺のプレゼントは、出張先で選んだ、十月の誕生石オパールをあしらったネックレスだった。恵子から戸辺へのプレゼントはネクタイだった。

年が明けた今年の一月下旬頃から社内のようすがおかしくなった。ご多分にもれず五井商事も派閥争いが激しさを増し、戸辺もその渦中にまき込まれた。派閥うんぬんで企業は動かされてはならない、というのが戸辺の持論だ。だが個人の持論など大企業のなかにあってはまったく無意味なものだった。しだいに鬱積が蓄積されてゆく。そんな戸辺の気持ちを和らげてくれたのは、恵子と会って食事をするひとときだった。そんな関係がこの十一月まではつづいていた。

「ところで、いま大変なんでしょう？」

河津が話題を変えるように、訊いた。

「会社、か？」

無言で河津がうなずいた。

「まあな。もしかしたら、異動になるかもしれんな」

「異動って、鉄鋼部から、ですか？」

シャンパングラスを口に運ぼうとした河津が驚いたように、その手を止めた。

戸辺の能力を買い、可愛がってくれていた小田森一がこの九月に急逝した。鉄鋼部上がりで、次期社長の呼び声が高かった専務である。代わりに、常務の菅田守がこのところ急激に社内での勢力を伸ばしている。小田と菅田は互いをライバル視し、これまでなにかと衝突し合う犬猿の仲として社内でも有名だった。

それは小田が戸辺と同じK大出身なのに対して、菅田がT大出身であるという学閥事情も絡んでいる。このふたつの勢力が五井商事では、大きく二分する社内派閥を構成してきているからだ。そして、現社長も菅田と同じくT大出身である。

そんな事情で、いまの戸辺が非常に微妙な立場にあるのは事実だった。

「バー河津」には、他の五井商事の社員もたまに顔を出すことがある。たぶん河津は、そのなかの誰かにでも話を聞いたにちがいない。

「それがサラリーマンの宿命さ」

そうはいうものの、戸辺の心はなんとなくふさいだ。鉄鋼畑一筋に生きてきた自分が、この年になって、いまさら他の部署に異動を命じられたところで満足な仕事ができるともおもえなかった。

「このあいだもな……」

恵子から電話がかかってくるか、突然顔を出してくれるのをひそかに期待する気持で、なぜか腰をあげる気になれない。時間待ちをするような気分で、ひと月ほど前に会って飲み交わした、学生時代の同窓生三人との会話を戸辺は持ち出した。

「あの頃は景気も良かったし、学生は売り手市場でね……。やれ、日本は四方を海に囲まれているから船会社は永遠だ、いやこれからは石油化学だ、などと勝手に御託を並べて学生が選《え》り好みができた時代なんだ。そして目ざといやつはみなそういう業種を選んで就職した。だが、結果はどうなったとおもう？」

「さあ……」

「当時、日の出の勢いだった業種は、ほとんどといっていいほどに凋落《ちょうらく》の一途をたどり、いまや冷や飯さ。船なんて合併されたところもあるしね。つまり、目先のことだけにとらわれても仕方がない、ってことだよ。時代は確実に移り変わっている。その意味では、俺も同じだろう」

口にしながら戸辺は、なんとなく自分が来春の人事異動でいまのポストを追われるような予感を覚えた。

鳩が零時の時報を打った。気がついたら店内のクリスマスソングも消えていた。

「ところで、マスターのところの娘さんもたしか二十一、二じゃなかった？」

「ええ、わがままで困っています」

いまは大学の四年生で、来春の就職がやっと決まってほっとしているという。

「なんか、代わりにという感じで、申し訳ないんだが、恵子ちゃんに用意したこのイヴの贈り物、娘さんにあげてくれないか」

戸辺は内ポケットから、きれいな包装紙で包んだ小さな箱を取り出した。

「いや、それはいけません……。恵子ちゃんには、また今度のときにでもあげればいいじゃないですか」

「いや、いいんだよ」

どうか受け取ってくれ、戸辺は強くいって半ば押しつけるようにして、その小箱を河津に渡した。

なかにはティファニーのブローチが入っている。いま若い女の子のあいだでは人気があるということを耳にして、銀座のデパートで昨日購入しておいたものだった。

腰をあげようとして、急に視界の先がぼやけた。腹部にも激痛が走る。

「だいじょうぶですか、戸辺さん」

河津が慌ててカウンターから出てきた。

「いやだいじょうぶだ。ちょっと酔い過ぎてしまったらしい」

戸辺はそういって、支えてくれようとした河津の手をやんわりと押し返した。わきの下に冷や汗がふきだしているのが、自分でもはっきりとわかった。

そのままじっとしていると、ものの一、二分で痛みが遠のいていった。

「ふう、治まったよ。心配をかけてすまなかった。やはり年かな」

戸辺は河津に軽く頭を下げ、コートの袖に腕を通した。

ドアに手をかけて店を出ようとしたとき、ふと戸辺はおもい出し、河津に訊いた。

「マスター。さっきホワイトクリスマスのあとにかかっていた曲、あれ、なんていったっけ？」

一瞬考えたあと、河津が答えた。

「ああ、あれですか。ジーザスクライストですよ」

2

恵子からの手紙が戸辺に届いたのは、それから半年後の六月末、朝から梅雨の降りしきるもの憂い日だった。

総務部から広報室に配られる郵便物のなかに、「鉄鋼部部長・戸辺和人様」という旧部署の宛て名が記されたものがあった。

戸辺は、この四月の人事異動で、広報室室長に替わっていた。

明らかに私信であることのわかる真っ白な封筒、しかも差出人は女性名義である。戸辺のデスクに手紙を置くとき、部下の女性社員の顔に、一瞬、興味深げな表情が浮かんだ。

その場で開封することなく、戸辺はスーツの胸ポケットに恵子の手紙をしまいこんだ。昼休みを待ち遠しい気分で待ち、「銀杏」に出かけた。店の隅に座って、恵子の手紙を読んだ。五枚の便箋に、丁寧な丸文字がびっしりと埋まっていた。

読み進むうちに、戸辺は顔から血が引いてゆくのが自分でもわかった。

恵子から手紙が届いたことを、席に座るなり吉岡には教えた。戸辺の表情の異変に気づいたその吉岡が、心配気に見つめている。

読み終えると同時に、吉岡には、いずれ詳しく、と一言残し、戸辺は脱兎のごとく「銀杏」を飛び出した。

小雨の降る歩道を傘もささずに駆け回り交番をさがした。動揺していた。そして、角で出会い頭にひととぶつかったときに、初めて戸辺は、「銀杏」のすぐ裏の筋に交番があったことをおもい出した。

ビルの合間に、七月末の焼けつくような太陽がギラギラと輝いている。

タクシーを下りると、戸辺は額の汗をハンカチで拭った。

銀杏の刺繡のあるハンカチを握り締め、頭上を仰ぐ。

京橋二丁目――。番地を確かめながら目指すビルをさがした。大通りの裏筋に、一階が文具屋になっているビルがすぐに見つかった。

入居者パネルを確認する。「望月法律事務所」。五階だった。

ドアを押し、名前を告げると受付の女がすぐに衝立《ついたて》の奥に案内してくれた。

「いよぅ、突然の電話でビックリしたよ。久しぶりだな」

白髪混じりの髪を七三に分け、値の張りそうなスーツで身を包んだ男が大声でいうと、机から立ち上がった。

望月祐介。学生時代に同じクラスに在籍していた戸辺の友人だった。

もっとも友人といえるほどに仲が良かったかというと疑問もある。戸辺はノンポリだったが、彼は学生運動に熱をあげており、運動の誘いを何度も断ったことを憶えている。

当時は、薄汚れた服装を気にもとめない男だったが、変われば変わるものだ……。

電話をしたときには、一瞬、望月は戸辺が誰だったかおもい出すのに苦労したようだった。なにしろ、卒業して五年目に開かれた同窓会で会って以来なのだ。

「五井商事のバリバリだってことを聞いていたがな……」

戸辺にソファをすすめ、腰をおろすと、望月がいった。

「なに、いまは閑職に追いやられたよ」

一瞬、望月が気まずいような顔をした。もしかしたら戸辺の電話のあとに調べたのではないか。

それならそれでよい。きょう訪ねて来た用件とは関係のないことだ。

「じつは、相談があるんだ」
二、三人の共通の友人の近況を語り合ったあと、戸辺は本題を切りだした。
「俺のところに来るからには、そうだろう」

自信たっぷりな笑みを浮かべて、望月がたばこをくわえた。

「話す前に、まずこれを読んでほしい」

戸辺は、懐から恵子の手紙を取り出した。

途端に、望月の目が興味津々の色を帯びた。

「これは……」

しかし読み進むうちに、望月の顔に困惑の表情が浮かんだ。

「そうだ。遺書なんだ。これから自殺をすることを俺に知らせる……」

そういって、戸辺は恵子の冥福を祈るように目を閉じた。

手紙には、前年のイヴに「バー河津」にいけなかったことの理由と謝罪が書き記されていた。

イヴの三日前、恵子は「銀杏」も辞めていたのだ。理由は吉岡にも話していない。

それを知ったとき、自宅と勤め先の電話番号を教えられていた戸辺は、何度となく受話器に手を伸ばした。しかし、結局は恵子に連絡を取らなかった。もしあのとき、電話をかけて恵子の話を聞いていてやれば、こんな最悪の結末を回避できたかもしれない。それをおもうと、戸辺の胸に刺すような痛みが走った。

前年の夏から、恵子は借金を返すために、やくざ組織に無理やり風俗店で働かされるようになっていた。

そう打ち明けられれば、戸辺にもおもいあたるフシがあった。そのころを境に、仕事を口実に二度ほど戸辺の食事の誘いを断ってきたのだ。それを戸辺は、恵子に好きな男でもできたか、と受け取り一切尋ねることはしなかった。恵子には恵子の世界があるのだ。しかし会えば会ったで、恵子は明るく振る舞っていた。しかしその明るさは、あとでおもえば、どこか取り繕った、作為的な印象も受けるものだった。

十一月には、休んだことがなかった「銀杏」をやはり仕事を口実に欠勤していたことを、あとで吉岡から知らされた。

――戸辺さんが、亡くなられたお嬢さんの代わりに私によくしてくれていたのをマスターから聞いて知っていました。でも、私はお嬢さんの代わりを務められるほどにきれいな身体ではなくなってしまっていたのです。私はイヴの夜に、戸辺さんが愉しみにしておられるその夜にふさわしいような娘ではないのです……。

五月に母親が入院先の病院で病死した。そして、喪もあけぬその五日後に、部屋に来た借金取り立てのやくざにレイプされた、と恵子は滲んだ文字で告白していた。

――戸辺さんとイヴの夜を過ごした「バー河津」でのことが、いまでは私にとっては一番の想い出です。戸辺さんが本当に自分の父親であったなら……、と何度おもったことかしれません。ほんとうにありがとうございました。マスターが聞かせてくれた、伊豆の河津温泉。ぜひ一度、戸辺さんとご一緒してみたかったのですけど、かなわぬ夢となりました。こんな贅沢も最後にひとつぐらいは許されるのではないか、とおもい、ひとりで河津温泉にやってまいりました……。

最後に、戸辺さんのお幸せをお祈りしております。

中沢恵子

手紙を封筒に戻すと、望月が戸辺を見つめた。

「それで……、どういうことを?」

「俺は許せんのだ。その手紙のなかに出てくる、彼女をレイプしたというやくざが……」

戸辺は震える語尾を抑えて、いった。

あの日、交番の巡査に事情を話し、すぐに手配をしてくれるよう頼んだ。消印は河津局で、日付は二日前になっている。

結果は無残なものだった。その数時間後、それらしき自殺体が所轄署に安置されている、との報が戸辺のもとにもたらされた。河津の海岸で、すでに恵子は農薬を飲んで自殺していたのだ。

吉岡や河津には知らせなかった。恥じる気持ちで一杯だった。恵子はきっと自分を頼りにしていたのだ。そして当のこの自分は、誰よりも恵子を理解していると自負していたにもかかわらず、彼女の胸の苦しみをなにひとつわかってやることもできなかった……。自分が死に追いやったようなものだ……。もし電話の一本もしていれば、恵子は死なずにすんだかもしれない。無念でならなかった。

その翌日、戸辺はひとりで河津の温泉に出かけ、物言わぬ恵子と対面した。三日間滞在し、茶毘《だび》にもつき合った。遺骨は、近親者をさがした上で引き渡すとのことだった。

「結局、彼女の遺骨を引き取る親戚筋はなかったんだ……」

いま恵子の骨は、河津の無縁仏の墓で眠っている。

「警察は相手にしてくれない。当の本人が死んでしまった以上、これではとうてい立件できない、といってな」

「それはそうだろう、な」

望月がうなずく。

「だが、ここにこうして、レイプされた、と本人が告白した手紙があるんだ」

「相手が否認すれば、どうにもならんよ」

さりげなく口にする望月が血も涙もない男のように戸辺にはおもえた。

「この、中沢恵子、という娘とおまえさんとは、いったいどういう関係だったんだ？」

望月の口調には、恵子と戸辺が男と女の関係にあったのだろう、と疑う響きがあった。

それが戸辺の冷静さを奪った。おもわず戸辺は大声を張り上げた。

「変な勘ぐりはやめろ」

「いや、すまん」

たばこを消し、望月が上目遣いに戸辺を見つめてくる。

興奮を抑え、戸辺は恵子とのいきさつを望月に話して聞かせた。

「なるほど……。それは気の毒だった。娘さんを失くしていたのか……」

聞き終えた望月がつぶやいた。

「この手紙に書かれている通り、事実、このようなことがあったのだろう。しかし、司法の裁きというのは、また別のものなんだ。証拠を集め、きちんと立件できる類でなくては日本の警察は動かんのだよ。おまえの気持ちもわからぬではないが、どうにもできん」

「すると、彼女は、死に損、ということなのか」

「まあ、そういうことだな」

判決を下す裁判官のように、望月が口にした。

しばらく沈黙が流れた。

その沈黙が、戸辺の頭のなかに恵子と知り合う前に遭遇したある出来事をおもい出させた。

五年ほど前、歌舞伎町の路上でやくざ風の男に絡まれて喧嘩になったことがある。戸辺も酔っていた。通報でかけつけた警察官に、最寄りの交番に連れていかれ事情を訊かれた。喧嘩両成敗だよ――。初めはそういっていた警察官の態度が、戸辺が五井商事の社員であることを知ると、打って変わったように丁重なものとなった。それまでのらくらりとしていた調書の取り方も、戸辺の申し立てを全面的に採用して、相手の男に対しては、驚くほどに威嚇的な口調で接しはじめたのだ。すぐに戸辺は解放されたが、相手の男はそのまま拘束された。その後、なにもいって来なかったので、事の顚末までは知らない。

「もし、恵子が、こうした境遇の娘でなかったとしても、警察の態度は同じなのか」

戸辺は重い口を開いて訊いた。

「どういう意味だ？」

「もし、彼女が、身寄りのない風俗嬢ではなく、然《しか》るべき社会的立場のある男の娘であったとしても同じか、という意味だ」

「警察の対応も少しはちがうだろうな。それが、この世のなかだよ」

そういってから、望月がやや身を乗り出した。

「なあ、戸辺。俺たちはもう酸《す》いも甘いも知りつくした五十代だ。世のなかがきれいごとで成り立っていないことぐらいは知っているだろう。ゴロツキはたしかに多い。表には出ない許し難い事件もたくさんある。だけど、どうにもならないんだ。正直なところ、時には、弁護士という仕事が嫌になることもあるよ……。悪いことはいわん。忘れろよ、この一件は」

「忘れろ、だと？」戸辺は声をあらげた。「将来のある、まだ二十歳になったばかりの純粋な娘が理不尽な仕打ちを受け、そして自ら命を絶ったんだ。それを忘れろ、というのか」

身を乗りだしていた望月が姿勢をもとに戻し、あきれたようにいった。

「しかし重ねていうが、現在の法体系ではどうにもできんよ。俺に、どうしろというんだ」

「だから相談に来たんじゃないか」

「俺の懇意にしている刑事に話を持ってゆくことはできる。だが、彼らであっても、耳を貸して同情のひとつも見せるのが関の山だ」

怒りで、胸が熱くなってくる。

弁護士という看板を掲げているが、結局、こいつは警察官となにひとつ変わらないじゃないか。学生時代に正義面をして、自分を罵《ののし》ったこともあるあの心意気は偽物だったというのか。

「金なら俺が出す」

「金？」

初めて望月の顔に、ムッ、とした表情が浮かんだ。

「そこまでいうなら、俺もいわせてもらうが——。娘はおまえにだけ、恥だとおもっている話を打ち明けたんだろう？　いまさら正義漢ぶるぐらいなら、なぜ最初に事情を聞いたときにすぐに助けてやらなかった？」

ことばに詰まった。それがこのところ戸辺を苦しめ、頭から離れないのだ。

望月がひとつ小さなため息をついてから、つづけた。

「俺も若い頃は学生運動などというものに力んでいた。人間はみな平等だ、階級なんてものが存在していいのか、などという青くさい理屈をこねて、な。だが、実際に社会に出てみると、わかってくる。なんだかんだといったって、結局、この世のなかは平等じ

ゃないんだよ。命だって同じさ。いまじゃ、俺はひとの命がみな同じ重さを持っている
なんて、これっぽっちも信じちゃいない」

「なんてことを」

戸辺は気色ばんだ。

「まあ、聞けよ」望月がもう一度、ため息をついた。「おまえだって、五井商事に勤めているというだけで、他のやつとはちがう恩恵を受けたことが一度や二度はあるだろう」

たったいま自分が考えていたことを見透かされたような気分になって、戸辺は口を真一文字に結んだ。

「良い大学を出て、良い企業に就職したいと願っている。それは、目に見えぬある種の階級がこの世のなかには存在する、ということを俺たちも暗黙のうちに認めて、そいつを手に入れたいからじゃないのか。そして、一旦そいつを手に入れると、失いたくない……それも煎じつめれば、結局のところひとより大切に扱われたい、ひとの命より自分の命を大切にしてほしい、という願いの表れじゃないのか」

戸辺は堪えられなかった。憤然として席を立った。

「もういい。おまえに相談に来たのが間違いだった」

ビルの外に出たとき、腹部に激痛が走った。おもわず戸辺はうずくまった。額から汗

がしたたり落ちる。

年末に「バー河津」で覚えた痛みとまったく同じものだった。

目の前を通りかかったタクシーに、腹を押さえながら戸辺は乗り込んだ。

3

ふと目が覚めた。視界が真っ白で、なにも映っていない。それが病室の天井の白さだということに気づくのに数秒を要した。

身体が汗ばんでいた。室内はクーラーが効いているのだが、身体が熱い。

たったいま見ていた夢のことが、戸辺の頭によみがえってきた。

白い顔が幾重にも重なり、そのむこうで叫び声が聞こえた。まゆみ、と戸辺は大声をあげたが、返ってきたのは、恵子の声だった。こんな夢を見るのは、これで何度目か。

手を伸ばし、枕元のおしぼりで額の汗を拭った。そのとき、ドアが開き、白い診察着が入って来た。

「どうだね、気分は？」

「はっきりいって、最悪だ」

そういって、戸辺は大北にほほえんでみせた。笑みが笑みになっていないのがわかる。望月の事務所を出たときの痛みは、しばらくして治まった。しかし「バー河津」のときよりは時間を要した。

八月に入って早々、また痛みを覚えた。それで、医者に診てもらう決心をした。心のどこかに、なにか大病を患っているような畏《おそ》れがあり、ずっと一日延ばしにしていたのだった。

幸い、大北京介がいる。大北は同じ世田谷の上馬で父親から引き継いだ総合病院を経営していた。まゆみが息を引き取ったのも、大北の病院でだった。

彼とは三十代の頃、群馬のゴルフ場で同じパーティに組み込まれて以来、家族ぐるみでつき合う仲だった。年がひとつちがいということも手伝って、いまではなんでも打ち明けられる、戸辺の無二の親友でもある。

四日前、診察を受け、すぐに入院をすすめられた。

そのとき戸辺は、大北に約束させている。

もしガンのような病気であっても自分には正直に教え、妻の慈美には黙っていること。子供を失ってから夫婦仲がうまくいってないことを、彼には打ち明けていた。よけいな心配はさせたくないんだ――。

そして、きょうの午前十時から大北の手で開腹手術をしたのだった。

時計を見ると十一時半だった。手術は案外早く終わっていた。義母の具合が悪いらしく、一週間前から慈美は岡山の実家に帰っていた。戻って来るのは、月末だという。それが、戸辺に手術を受ける決心をさせていた。

「で、どうだったんだ？」

レントゲンとＭＲＩ検査の結果、大腸のポリープだろう、とだけ大北には聞かされている。

ベッドの横の椅子を引き寄せ、腰を下ろした大北が、眼鏡の縁を指先で軽く押さえながら、いった。

「大したことじゃなかった。大腸のポリープが癒着していたんだ。そいつが腫《は》れて、炎症を起こすんだな。良性だったから、切り取るまでもなかったよ」

傷口の抜糸が済みしだい退院していいという。どうやら一週間も入院する必要はないらしい。

「働き過ぎたんじゃないのか。天の恵みだとおもって、一か月ぐらいこのままいてもいいんだぞ」

軽口をたたきながら、大北がたばこを口にした。

ふさふさとした白髪をかき上げるとき、その目元が潤んでいるのを戸辺は見逃さなかった。

そういうことか……。ふしぎと動揺はなかった。覚悟のようなものができていたようにもおもう。

大北を訪ねる前、戸辺なりに医学書には目を通したし、会社の契約医師にもガンの症状については尋ねて聞いている。

末期のそれは、開腹手術をしても、そのまますぐに縫合してしまうものらしい。

「まゆみが息を引き取った部屋に移してくれないか」

「どうして……?」

「せっかくだ。退院するまでは同じ部屋で寝泊まりしてやろうとおもってな」

「親心か……。いいだろう」

大北が立ち上がり、戸辺の枕元の死角に足を運んだ。

首をひねると、大北の表情を目の片隅でとらえることができた。彼の指先が目尻に伸びているのが、戸辺の目に入った。知らぬふりをして、戸辺は視線をもとに戻した。

「それはそうと……」大北がいった。「おまえに謝らなきゃならん」

「なにをだ?」

「女房のやつが、ゆうべ、慈美さんの実家に連絡を入れてしまった。俺の腕じゃ、なにが起こるかわからん、万が一のことがあったらどうするの、って、えらい剣幕で怒られたよ」

午後には、ここに来るという。

「そうか、別に謝る必要はないよ。手術には近親者の同意が必要なんだろう？　無理をいった俺のほうこそ謝らなきゃならんよ。しかし、大北……」

「なんだ？」

「おまえも、ばか正直な男だな」

大北が黙り込んだ。

その沈黙が、戸辺が胸のなかに築いていた防波堤を崩した。初めて、戸辺の目から涙が流れた。

目をやると、大北が窓にかかったレースのカーテンの縁を握り締めて、外の景色を見つめていた。

「いいんだよ。俺は十分に満足できる人生を送った。おもい残すことはない。ただ、最初にいったように、このことは慈美にだけは教えないでほしい。知らせるときは、俺の口からいう。それだけは約束してくれ」

「わかった……」

「それで、俺は、あとどのくらいなんだ。自分の身辺を整理しておく必要もあるしな。ひとに迷惑をかけたくないんだ」

ややあって、半年ぐらいかもしれん、と大北が絞りだすような声でいった。

たぶんそれも嘘だろう。すると、あと三、四か月、つまり年内か……。

胸でつぶやき、戸辺は白い天井を見つめた。

午後一時に、慈美がやってきた。

「なぜ、こんな大切なことを内緒に……」

病室に入って来るなり、慈美が顔をこわばらせた。

「そんな顔をするな。大したことじゃないんだ。盲腸みたいなもんだ」

大北には自分が口止めしていたと戸辺は言い訳をした。

「それより、義母《かあ》さんの具合はどうなんだ？」

戸辺のことばに安堵したのか、慈美の表情がいくらか柔らかくなった。

「もう、年ですもの。老衰みたいなものよ。心配しても仕方がないわ」

答えてから、慈美が病室を見回した。

「そうだ。まゆみが息を引き取った部屋だ」

せっかくだから、供養をしてやろうとおもってな——。そういって、戸辺は寂しげに笑った。

こうしてゆっくりとふたりで会話をするのはいつ以来のことだろう。

家のなかに寒々しい風が吹くようになってから、慈美の顔をじっと見たこともなかったような気がする。

瓜ざね顔で、まゆみとは似ていない。まゆみが戸辺似であることは、衆目の一致するところだった。恋愛中は、彼女の肌の白さがまぶしかったものだが、その白さも艶が失われている。目尻に小皺が増えていることに、戸辺はいま気づいたような気がした。

「まゆみを失ったことで、俺はおまえを心の中で責めつづけていたように思うよ。家庭をかえりみず、仕事ばかりしていた俺にも責任があることはよくわかっていたのにな。あの日だって、まゆみが風邪を引いていたのを俺も知っていたのだから――」

「すんだことは、もうやめましょう……。大北さんにご挨拶してくるわ」

慈美が足早に病室を出て行った。

4

秋風が吹きはじめた十月十五日、恵子の誕生日だった日に、戸辺は会社に退職届を提出した。かねてから考えつづけていた日でもある。

人事部長は驚きはしたが、型通りの慰留のことばを述べただけで、強くは引き止めなかった。たぶん、鉄鋼部から閑職に追いやられた戸辺の処遇について、社としても苦慮していたのだろう。それに、近年、どこの企業も行っているリストラを五井商事も敢行中だ。渡りに船というところもあるにちがいない。

退職金は、全額給与振り込みの口座に振り込んでくれるよう、手続きを取った。すべて慈美に手渡すつもりだった。もう戸辺には必要がない。当面の生活費ぐらいの蓄えはある。

引き継ぎ等があるほどに重責の仕事でもなかった。他の広報室社員で十分に用は足りる。戸辺は、翌日からもう出勤をしない旨のわがままを通した。

デスクに戻って数時間もすると、噂を聞きつけた社員の何人かが、戸辺のもとに訪れた。

考えることがある。もう自分も五十を過ぎたから第二の人生を考えたいのだ——。そういって戸辺は笑顔で応対した。

退社間際に、長谷川という役員に呼ばれた。唯一残された、小田と仲の良かったK大出身の役員だ。旧小田の流れを汲む勢力はいまでは完全に駆逐され、五井商事は菅田の天下になっている。

すでに無駄であることを知っているからだろう。長谷川は一言も慰留のことばを口にしなかった。小田の想い出話のいくつかを聞かせたあと、寂しくなるな、といって戸辺に握手の手を伸べてきた。その手の温もりは、彼もまたある覚悟を秘めていることを戸辺に教えるものだった。

夕刻、退社した戸辺は、自分が三十年余の人生を送った、威容を誇る本社ビルを見上げた。落ちかけた夕日が、ビルの壁面を茜色《あかねいろ》に染めている。

必死に受験勉強に取り組み、そして誰もが憧れる花形企業に就職した。なりふりかまわず、それこそ家庭もかえりみずに仕事に没頭した。しかし、社内の派閥争いに敗れたというだけでそうした努力も水泡に帰した。

つまり自分が生きてきたことはなんだったのだろう。

望月が口にしたことばが鋭く、戸辺の胸に突き刺さっている。

その通りかもしれない……。自分は結局、五井商事という鎧《よろい》を着ていただけだったのだ。五井商事を離れ、一介の無職の男であることを知れば、周囲の自分を見る目がちがうだろうことは、想像に難くない。つまり自分は、この社会に存在する無形の階級の恩恵に浴して生きてきただけなのだ……。

恵子が父親の借金を打ち明けたとき、彼女はきっと、無言のうちに自分に助けを求めていたのだ。輝くような会社にいる部長。しかも自分をひとり娘の生まれ変わりのように可愛がってもくれる……。

だが、そんな恵子に自分は手を差し伸べなかった。結局は、悩みを聞く振りをしながら、まゆみを失った寂しさを紛らわせるために、彼女を利用していただけなのだ。

銀杏の刺繍をしたハンカチで口元を拭った。恵子の甘い匂いがしたように感じた。

「銀杏」に寄って、最後のコーヒーを口にした。吉岡とは軽口をたたいただけで、退社したことは教えなかった。

義母の容態が悪化し、慈美はまた実家に帰っている。この十月末に家に戻って来たときに退職したことを告げ、離婚の件を切りだすつもりだった。

これから、イヴの夜までにしなくてはならないことを戸辺はもう一度頭に反芻《はんすう》しながら、家路を急いだ。

5

風が建て付けの悪い窓を揺らしている。

戸辺は布団にくるまり、痛みをじっと耐えていた。激しい、腹の底からつき上げてくるような痛みだった。

吐き気がした。布団から出て、這うようにして申し訳程度についている三畳ほどの流しに、ようやくかがみ込んだ。口のなかが酸っぱい物であふれるだけで、吐く物はなかった。きのうから何も食べていない。

今度は激しい便意をもよおした。歯を食いしばってトイレにかがんだ。出てきたのは水分だけの真っ赤な血便だった。

台東区花川戸二丁目――。細い筋を二本隔てた所が、恵子の住んでいたアパートだ。近くに隅田川が流れるこの二間だけのアパートに住みはじめてから一か月が経つ。あすからは、もう十二月に入る。

血便を出したのは、ここに来てから、これで五度目だった。身体も消耗してきているのを戸辺は自覚していた。

あと二十五日か……。なにがなんでも、その日までは生き抜くつもりだった。

時田肇。恵子に借金の画策をし、しかもレイプまでした、浅草を根城にしたやくざ組織、浅友会の男――。

身元はここに越してわずか一週間ほどのうちに、あっけないほど簡単に割れた。借金を取りに来て暴れたとき、近所の通報で一度パトカーが来たことがある。その通報をした主婦が、病弱だった恵子の母親と親しく、彼女の口から名前と特徴を聞き出すことができたのだ。大柄で、パンチパーマ。右の頸部に脂肪の固まりのコブがある。

浅友会の事務所を見つけるのも造作はなかった。浅草の飲み屋街で、目星をつけた店のなじみとなり、適当な口実で聞き出した。

浅草六区、国際通りの裏手の、一階が質流れ品を扱う店になっているビルの五階。

翌日の夜から、戸辺は浮浪者を装ってビルを張りつづけた。何度か痛みに襲われた。

しかし、こんなものは恵子の苦しみにくらべれば――。そして、次の日、出入りする時田をついに発見した。

尾行し、その日の内にねぐらも見つけた。

続けて何日か張ったが、毎日のように時田は事務所に顔を出している。そのあとは、飲み屋に行くか、カジノバーに顔を出すか、判で押したようなくだらない日々を送っている。これだけ知れば十分だった。そう変化のある日常を時田は送っていない。

問題は拳銃だった。

拳銃が街にあふれている、と雑誌で読んだことがある。その筋では、十万も出せば手に入る、とも書かれていたようにおもう。しかし、安易に考えすぎていた。

なじみとなった飲み屋でそれとなく切りだした途端、追い出された。それから、何軒かの飲み屋ものぞいた。内、一軒で、その筋の人間とおもわれる若い男と口をきき酒を奢った。店を出て、三十万の値で交渉を持ちかけた。返ってきたのは顎へのパンチという手痛い代物だった。おまけに懐の金も持ち去られた。

布団にふたたび横たわる。

やはり無理なのだろうか……。弱気の虫が頭をもたげてくる。

そのとき、河津の顔が浮かんだ。若い頃は無茶もした、といっていた。銀座で長いことバーなどというものをやっていると、その筋ともいやおうなしに顔は繋がる、とも口にしていた。

しかし、そんな唐突な申し出を河津がはたして聞いてくれるだろうか。後難を惧《おそ》れるにちがいない。ただ、たとえどんなことがあっても、自分には口を割らない自信はある。

恵子のことは、望月に相談しただけで、他の誰にも話していない。しかし河津に頼むとなると、その事情を話さなければ、絶対に彼は首を縦にはふらないだろう。

時間がない。断られたら、そのときはそのときのことだ。決心がつくと、急に痛みが和らいだような気分になった。

戸辺はふたたびゆっくりと、布団から這い出した。

コートの襟を立て、身体をすぼめた。風が冷たい。背筋に悪寒もある。

時計を見た。午前二時。約束の時間だ。

会いたい、という電話に、河津は快諾してくれた。というより、彼のほうも戸辺からの連絡を心待ちにしていたようだった。しかし、ひとのいない場所で、という戸辺の申し出でにちょっといぶかる気配があった。一緒に酒でも飲もうとおもったのではないか。

たまに河津は自分の車で店に通うことがある。きょうがそのたまたまの日だった。歌舞伎座の前で、二時に——。

シルバーグレーのセドリックが、止まった。運転席に河津がいる。

戸辺は歌舞伎座横の閉まった売店にもたせかけていた身体を起こした。助手席のドアを河津が開けた。戸辺の顔を見て、一瞬、ことばを失ったように河津が目を大きく見開く。

「どうしました……」

投げかけてきたことばを無言でやりすごし、戸辺は助手席に腰を下ろした。

「詳しくはあとで……」

車を出してくれるよう、河津にいう。

なぜひとのいないところで、と戸辺がいったのか、顔を見て河津は理解したようだ。いまの戸辺は、自分でも驚くほどにやせ細っている。

「じゃ、お台場にでも行ってみましょう」

河津が車を走らせた。

それまで無言だった河津が、レインボーブリッジの明かりが見えたとき、初めて口を開いた。

「会社を辞められたと聞きました。一言いってくれればよかったのに、とおもいましたよ」

「すまなかった。いろいろとあって、ね……。ひどい形相で驚いただろう」

チラリと視線を寄越した河津に、なんでもないように、ポツリと戸辺はいった。「ガンなんだ」

「ガン……？」

「それもあまり長くない」

芝居がかったことばはいいたくなかった。河津の気性からして、すべてストレートに話したほうがいい。

無言で河津がお台場のなかに車を滑らせてゆく。

カップルの車だろう、レインボーブリッジが見渡せる格好の場所に何台かの車が駐められている。その空いた隅の一角で、河津が車を止めた。

戸辺の身体を気づかったのだろう、たばこいいですか、と断りを入れて、河津が火をつけた。

ライターの火を見た瞬間、戸辺も無性にたばこを吸いたくなった。この半月ほど前から、たばこをやめていた。というより、吸いたいという欲求が失せていたのだ。

一本もらい、ひと口吸い込んで、戸辺はむせた。

「やめましょう」

河津が戸辺から奪うようにたばこを取り上げ、それから自分の火も消した。

「レインボーブリッジがこんなにきれいなものだということを初めて知ったよ」

河津はなにもいわなかった。戸辺の次のことばを待っている。

懐から、恵子の手紙を取り出した。河津の目の前に差し出す。

「なにもいわずに、まず、これを読んでくれ」

「これ、恵子ちゃんからのですね……」

裏を返し、差出人の名を確かめた河津がいった。

車内灯の明かりを点け、河津が手紙を開く。数行読んで、ギョッとしたように、自分に視線をむけたのがわかった。河津が手紙を読み終わるまで、前方に輝くレインボーブリッジの明かりを戸辺は黙って見つめつづけた。

車内灯を消し、河津が無言で手紙を戸辺に返してきた。

「なにも訊かずに、ただ聞いていて欲しい」

懐に手紙をしまい、戸辺は会社を辞めてからのことを順を追って正直に話した。

会社を辞めたことを打ち明けたとき、初めは慈美も驚いた。しかし、戸辺が自分の第二の人生を送りたい、と口にすると静かに同意の意思を見せた。用意してあった離婚届に判を押し、すべてを慈美に残して戸辺は家を出た。

「時田を殺《や》る決心です」

前方を見据えたまま、一言、戸辺はいった。河津からはなにも反応がなかった。

「自分には、これといった身寄りも残されていない。だから迷惑をかけることもない」

やはり、河津からは何も返答がない。

「拳銃が欲しい。手を尽くしたが、なかなか難しい。むろん断ってくれてもいい」

これ以上、いう気はなかった。いえば、河津を苦しめる。

「あとどのくらい……？」

返事の代わりに、河津が訊いた。

「たぶん、年内……。そんな気がする。決して迷惑をかけない」

「恵子ちゃんへの、最後のイヴの贈り物ですか……」

河津の口元が歪《ゆが》んだように見えた。笑ったような気もする。

「イヴの日にどこかのコインロッカーのキーが手元に届いたら、それが私のイヴの贈り物だと思ってください。もし届かなかったら、そのときはあきらめてもらえませんか」

戸辺はうなずいた。

「それから、これは約束してください。最後のイヴは『バー河津』で過ごす、と。その日は他の客は入れません」

6

小雨が降っていた。

電柱の陰で看板に背をもたせかけ、時計に目を走らせる。十時半。時田がカジノバーに入ってからすでに二時間が過ぎている。

傘を持つ手がかじかんだ。左手に持ち替え、戸辺はかじかんだ右の掌《てのひら》をレインコートのポケットに突っ込んで温めた。指先に触れる固い金属の感触をもう一度確かめる。イヴのせいか、この雨にもかかわらず路地の人通りが多い。カジノバーの二軒隣のパチンコ屋の騒音とどこからか流れてくるジングルベルの音楽とが重なっている。

目がかすむ。つづいて猛烈な吐き気。かがもうとしたとき、カジノバーから出てくる時田の姿が目に飛び込んだ。一人だった。

空を見上げ、舌打ちする素振りをしたあと、時田が傘を開いて歩き出す。

数メートルの間隔を空けただけで、時田の後を追う。やげん堀にむかっている。ねぐらに帰るということか。

立ち止まり、時田が路地に引っ込んだ。立ち小便のしずくが雨のなかで湯気を立てている。

なにかにつき動かされるように、無言で時田に近づいた。右手に握り締めるズシリとした感触。部屋で何度も握り返し、もう自分の手の一部のようになっている。

傘を放った。瞬間、時田が振りむいた。

目を見開く時田の顔は、まるで痴呆症を患う老人のような顔をしていた。胸ぐらに当てられた銃口を、ポカンと口を開けて見つめている。

目はかすんでいない。吐き気もなかった。指先の震えもない。

ジングルベルの音楽が聞こえたとき、戸辺の余力のすべてが指先にかかった。

絶叫と拳銃音が重なった。もんどり打って転がった時田に近づき、戸辺はもう一度胸ぐらに銃口をむけた。ピクリとも動かなくなった時田の身体の上に拳銃を放った。

どこをどう歩いたかは覚えていない。気がついたときはタクシーのなかだった。

銀座四丁目の交差点でタクシーを止めた。車を降りたとき、戸辺はおもわず膝をついた。

「だいじょうぶですか？　お客さん」

心配そうに、運転手が声をかけてきた。その声を聞き流し、歯を食いしばって戸辺は立ち上がった。

かすむ目で、四丁目の角に飾られたクリスマスツリーを眺めた。小雨の降りしきるなかで、色とりどりのモールの合間に赤や黄色の電球が点滅している。

いままで見たクリスマスツリーのなかで、一番美しいと、戸辺はおもった。

濡れるにまかせ、ゆっくりと六丁目まで歩いた。「バー河津」のあるビルのエレベーターが珍しく無人だった。

七階で降り、ドアを押す。

客がひとりいた。女だった。振り返ったその顔を見たとき、戸辺は自分の目を疑った。慈美が走り寄ってしがみついてきた。濡れた戸辺の頭髪を、慈美が何度も両手で梳《す》いてくれた。泣いている。

「終わったよ。ありがとう」

カウンターから出てきた河津に、絞り出すような声で戸辺はいった。

河津が無言でうなずき、店のドアをロックする。河津と慈美の肩を借り、戸辺は店の隅のテーブル椅子に腰を下ろした。その横に、慈美が椅子を引き寄せて座った。

慈美の泣きじゃくる声がしばらくつづいた。

河津がカウンターのなかで、シャンパンの栓を抜いた。ポン、という乾いた音で、戸辺はホワイトクリスマスの曲が流れているのに初めて気がついた。

「みんな聞いたわ。大北さんからも、河津さんからも……」

そういって、慈美がふたたび泣きじゃくった。

河津がシャパングラスを用意してテーブルに運んでくる。

慈美がバッグのなかから取り出した紙を引きちぎった。かじかんだ戸辺の掌を開かせ、慈美がそれを握らせる。戸辺が渡した離婚届だった。

「これが私のイヴの贈り物よ。私は最後まであなたの妻でいるわ」

目がかすむ。河津の手にしているシャンパングラスがオレンジ色に見えた。

戸辺にはそれが、恵子がここで飲んでいたオレンジジュースのような気がした。

曲が変わった。これはたしか、ジーザースクラ……。急に、戸辺の視界が暗くなった。

カットグラス

1

雑誌をめくっていると、木次《きつぎ》恭平が入ってきた。つりひもを右耳にだけ引っかけ、はずしたマスクを顎の横にぶらりと垂らすのは、診療が終わった折りに見せる彼お得意のポーズだ。

「終わったのか」

院長デスクに腰を下ろした木次に、私は雑誌をテーブルの上に戻して訊いた。

「ああ。最後の客がうるさくてな。保険じゃ、あれが限界だってえの」

たばこに火をつけながら、眼鏡の奥の目を細め木次が笑う。

患者を客と呼ぶ、歯医者を開業したころからのもの言いはいつものことだ。

「相変わらず保険の患者には冷たいな」

木次は高校時代の友人で、大学を卒業したあと、いっとき新橋の診療所で通いの医者をしていたが、すぐに地元のこの辻堂《つじどう》に戻り商店街の一角で開業した。それが二十七歳のときのことだから、独立してから足掛け十七年になる。

「どうだ、痛みはもうないだろう？」

「ああ、だいぶな。ところで、あと何回ぐらい来なきゃならん？」

私は抜いてもらった右の奥歯の上を指先で確かめながら訊いた。

騙《だま》し騙しにしてきた奥歯の痛みが昨夜はとうとう堪え切れないまでになった。これまで会社の近くで診《み》てもらっていた歯医者には、いずれ抜く必要があると宣告され、れていた。どうせなら、木次にしてもらおうと覚悟を決めたのだった。

「二、三回、ってとこかな。おまえにゃ、サービスで保険外の良い材料を使ってやる。心配するな」

好きなことをいう木次に、おもわず私は苦笑を洩らした。

料金のことよりも、電車を使ってわざわざ東京からこの辻堂まで通うのが私にとっては少し面倒くさいだけだった。

「それはそうと、きょう並木が来るって教えたら、芳子のやつがぜひ連れて来いってうるさいんだ。独身なんだから、どうせ、帰ったってやることもないんだろう？」

芳子というのは木次の細君である。なかなかの料理自慢で、朝から張り切っているという。

「花の土曜日だぜ。俺にだって女のひとりぐらいはいる」

「それをいうなら、金曜日じゃねえのか」

まぜっかえしながら、木次が着替えはじめた。

時刻は五時を少し回ったばかりだ。これから東京に帰っても六時過ぎ。来《き》しなの電話では、いず美は新作映画のPRの仕事で、十時過ぎまでは身体が空かない、といっていた。

「じゃ、遠慮なくご馳走《ちそう》になるか」

私は脇に脱いで置いてあるスーツを手に、腰をあげた。

食事が終わったのは八時過ぎだった。

「じゃ、一時間だけでいいから、あなたたちは上でお勉強をしてきなさい」

テーブルを片付けながら、芳子がリビングのソファでテレビを見ていたふたりの子供に声をかける。

「なかなか厳しいね」

食後の一服をしていた私は、芳子に笑いかけた。

「パパが甘いから、いつも私が悪者になるんです」

聞こえぬふりで、木次がパイプの掃除をしている。

木次の家は、診療所のある商店街からだいぶ離れた海岸近くにあり、鉄筋造りのそのモダンな外観の二階建ては、界隈《かいわい》でもなかなかに目立つ代物だ。妻と子供ふたり。まず同じ世代としては、ひともうらやむ家庭といっていいだろう。

「並木さん、もういいかげんに奥さんをもらったら？」

紅茶をスプーンでかきまぜながら、芳子がにらむような視線を私に送ってくる。

「気ままな生活に慣れると、どうもね……。しかし、こうして、おたくのような一家団《だん》欒《らん》の姿を目にすると、ちょっとだけだが気持ちがぐらつく」

しばらく木次夫婦の子育て論につき合った。耳を傾ける私の胸に、懐かしさと複雑なおもいが広がってきた。

ナミカジキ。高校時代の同級生たちは、まるで魚の名前を口にするように、いつも行動を共にしていた私たち三人組のことをそう呼んだ。並木、梶、木次——。

しばらくして、この夏に木次一家が宮崎の芳子の実家に帰省したときのことに話題が及んだ。

「青島にも行ったのか」

日南海岸にある青島を囲む青々とした太平洋の海が私の脳裏に甦《よみがえ》ってくる。

「そうよ、懐かしいでしょう」

芳子が腰を上げ、何冊かのアルバムを運んできて、私に広げて見せる。

ナミカジキ……。並木は万事が平均点以上の優等生タイプ、梶は鋭利な破滅型、木次はドライなしっかり者。同級生たちが口を揃える私たち三人組、それぞれへの寸評だった。たしかに言い得ていたようにおもう。

高校を卒業した私たち三人は、それぞれ別の道を歩みだす。私と梶は、学部こそ異なったがW大学の同門で、私が政治経済学部、私よりはるかに成績が良かったが文学青年だった梶は文学部。そして、木次は大阪の歯科大学へ。

一年生の夏、帰郷していた木次をまじえての三人の飲み会で、梶が提案した。

「ヒッチハイクで、九州まで行こうじゃないか。木次が大阪じゃ、これからはそう会えるものでもないからな」

衆議一決するや、翌日、私たちはリュックひとつという軽装で、最初のトラックに乗り込んだものだ。そして最終目的地の宮崎の青島で知りあったのが、いまの木次の細君である芳子だった。

当時、博多にある大学に通っていた同い年の芳子に一目ぼれした木次は、一見、クールのようでいて、なかなか彼女におもいを告げられず、私が代わりにラブレターを書いてやり、なおかつデートのお膳立てまでしてやってようやくゴールインできたのだ。

別のアルバムを広げようとしたとき、一枚のスナップ写真がこぼれ落ちた。

足元から拾い上げてみると、その写真のなかには、青くささが一杯の、しかし顔だけは日焼けで真っ黒になったナミカジキが全員で白い歯を見せて、Vサインを送っている。芳子が青島で撮ってくれた、あのヒッチハイクのときの写真だった。

のぞき込んだ芳子がいった。

「梶さんからの音信は、相変わらず……？」

「おい、芳子」

横から、木次が叱責するように、声をかけた。

「ごめんなさい……」

芳子がばつの悪そうな顔で、私に頭を下げた。

「いや、いいんだよ」

拾い上げたそのスナップ写真をアルバムに戻し、私は曖昧な返事ではぐらかした。木次には教えていないが、梶とは一年ほど前に私の仕事絡みで偶然再会し、以来これまでに二、三度、打ち合わせのために顔を合わせていた。

しばらく雑談をつづけたが、意識的に梶の話題を避けているのが、木次の表情から読み取れる。話の途切れたところで、私は腰を上げた。

「送ってゆこう」

その口調になんとなく、私に話したいことがあるような気がして、申し出を受けることにした。

「また寄らせてもらいますよ」

食事の礼を芳子にいって、私は木次が車庫から出してきたボルボの助手席に乗り込んだ。

「しばらく夜の海岸を見ていないだろう」

ちょっと車を走らせると、木次がそういって、駅とは反対の海岸方向にむけてステアリングを切った。

すぐに夜の海が目の前に開けた。左の方角に、江の島の灯台が点滅している。十月の、秋も深まった夜の海岸風景にはやはり一抹《いちまつ》の寂しさがある。

海岸脇の道に車を駐め、木次がたばこを取り出した。

「なんだ、話は？」

木次の指先でゆれるライターの火を見つめながら、私は訊いた。

「いや、そうあらたまったものでもないんだが、いちおうおまえの耳には入れておこうとおもってな……」

暗い夜の海にむかって木次がことばを選ぶようにゆっくりと話しはじめた。

2

午前の会議を終え、デスクに戻って未決裁書類に目を通そうとしたとき、部下の女子社員に電話だと告げられた。母の公子からだった。

母が会社に電話をしてくることなど、私の記憶にあるかぎり一度しかない。前回は十年前、妹の理絵が梶と離婚した、とオロオロとした口調で連絡をよこしたとき以来のことだった。

「どうしたんですか?」

嫌な予感を押し殺すようにして、私は小声で訊いた。

——絵麻のぐあいが、どうも……。

「絵麻が? どうおかしいんです?」

絵麻は、クロが死んだあとに、梶が理絵と再婚してできた子供だった。

——体育の時間に気分が悪くなったといって早引けして来たんだけど、ちょっとばかり気になって——。どうも単なる風邪のようではなさそうな気がするのよ。

またしてもオロオロした母の声が回線に流れてくる。

理絵に、とでかかったことばをおもわず私は飲み込んだ。二日前の電話で、仕事で三日間ほど福井のガラス工房に出かけてくる、と理絵が口にしていたのをおもい出したからだ。

「とにかく、ひとまず病院に連れて行ってくれませんか」

その結果しだいでまた電話をくれるようにいって、私は受話器を置いた。

会社のあるこの渋谷からなら、母と理絵たち三人が住む江戸川区の家まで、一時間もかかりはしない。

しかしきょうはこれから、近くに仕事で来るというい　ず美と一緒に昼食をとる約束がある。そして二時からは大事な打ち合わせが入っていた。

パスタを飲み込むようにして食べたあと、いず美を連れて、骨董《こっとう》通りにある行きつけの喫茶店に入った。

店内は近隣のＯＬや勤め人たちで込み合っている。

入口近くの窓際で腰を上げたふたり連れに素早く目をつけたいず美が、さっとテーブルを確保した。

「だんだん、オバサン化してきたな」

「そんなふうにさせてるのは、どこの誰よ。食事といい、この喫茶店といい、まったく……」

いず美とは、仕事相手というより友人のような間柄になっている取引先の紹介で七年前に知りあった。そのときの彼女が二十六だったから、今年でもう三十三になる。

色白で目がクリッとしたところはクロ似といえなくもないが、背丈はクロよりも十センチは高い百六十センチ、外見もその仕事柄か、クロより数段派手だ。私はいず美を愛おしいと感じる。しかし、その愛し方は、クロの場合とは若干ニュアンスがちがう……。

映画会社のPRという仕事がおもしろいせいか、冗談めかしてほのめかすことはあっても、いず美が私に結婚を迫るということはなかった。私は私で、依然としてクロへのおもいを引きずっており、そしてまた、梶の結婚生活――クロとの、そして理絵との――をつぶさに見てしまったせいか、女と一緒に暮らすということにかすかな畏れを抱いていた。

コーヒーを飲みながら、彼女の会社の新作映画の話に耳を傾けてやる。

うなずきながらも、私の頭のなかは、さっきの母の電話と、午後二時の打ち合わせで会わねばならない梶のこととで占領されていた。

梶と妹の結婚は、結局三年という短期間で破局を迎えた。だがそれで事がすべて終わったわけではなかった。離婚直後に理絵の妊娠がわかったのだ。私や母は、子供の将来を考えて、産まぬよう、何度となく理絵への説得を試みたが、結局はその反対を押し切るように、理絵は、絵麻を産む道を選択した。命を絶つことは許されない、と。しかしそれは表向きの理由で、別れても依然として理絵が梶を深く愛していることを私は知っていた。そうして絵麻が生まれたが、理絵はその事実を梶に教えることだけは、断固として拒んだ。頭を抱えたのは私だった。それでは絵麻が私生児ということになってしまう。母と私は苦しんだ結果、とりあえず絵麻を並木の家の養子という形にしようということで落ち着いた。

梶には教えるべきだろうか……。

絵麻のことは、生まれたときからそうすべきかどうか、ずっと私は悩んでいた。そして、今度はもうひとつ——。先日、木次から聞いた話がどうしても頭から離れない。

木次の兄は日本橋にある有名なデパートに勤めている。仲の良い兄弟で、木次がメンバーになっている伊豆の天城《あまぎ》高原にあるゴルフ場によく一緒に行ってプレーをする。私が木次の診療所を訪れたその二週間ほど前にも、やはり兄弟揃って、天城高原に出かけたという。その日は平日だったが、たまたまゴルフ場が大変込み合っていたため、ゴルフ場の依頼でひとりの老婦人をパーティに加え、三人で回ることになった。老婦人もそのゴルフ場のメンバーだが、連れ合いを亡くして子供もいないという境遇で、健康のためによくひとりでプレーをしに来るらしい。

ハーフを終えて、クラブハウスで老婦人をまじえて昼食をとった。

一人娘を亡くしてから、定年退職した夫とふたりで藤沢に住んでいたが、その夫が四年前に他界してたったひとりになったのを機に、おもい切って三年前に家屋敷を整理して温暖なこの伊東に越してきた……。

プレーの最中は、気にもとめなかったが、話を聞いていて、木次は、おやっ、とおもった。そしてすぐに、その老婦人が、私たちが、クロ、と呼んでいた黒部さつきの母親であることに気づいたという。

老婦人の名前は黒部静子。私と梶には忘れようもない名前だが、木次は黒部の姓は知ってはいても母親の下の名前までは知らない。

話すほどに、母親の愚痴は増すばかりで、その揚げ句には、プレー後の夕食にまでつき合わされる羽目になったという。

どんな手を使ってでもあの男との結婚はやめさせるべきだった、それが悔んでも悔み切れない……。娘はあの男に殺されたも同然だ。自分が死ぬまでにひと目、あの男に会って、自分が抑えに抑えてきた恨みをぶつけてやりたい……。

名前こそ口にはしなかったが、母親の、梶に対する怒りや憎しみは想像以上のものだったらしい。

結局木次は、自分がその男の高校時代の友人であったことを最後まで打ち明けることはできなかったという。

そして最後に木次はこういって、話を締めくくった。

あの老いた母親の姿を見ると不憫《ふびん》でならないよ。もし彼女のほうに誤解があったり、梶のほうにも言い分があるようだったら、冥土の土産といってはあれだが、一言、梶がなんらかのことばを彼女に伝えたほうがいいのではないか……。

そのことは、横で母親の話を聞いていた木次の兄も同意見だという。

「ねぇ、聞いているの？」

そのことばで、ふと私は我に返った。

「いや、これからの打ち合わせのことを考えていたんだ。すまん……」

いず美には、一切クロの話はしていない。

まるで言い訳をするように、私は、私の会社である「K写真フィルム」が来春に売り出すワンタッチカメラの新製品、「すっきり・ワンフィンガー」に話題をうつした。

その売り出し広告の総責任者は私で、扱い広告代理店から派遣された制作プロダクションの役員には梶がいるのだ——。

3

ナミカジキの三人が小中高をすべて同じ学校で過ごしたわけではない。

私と梶の家は、東海道線の北側。木次の家だけが私たちとは反対の海側で、学区がちがっていたから、三人の顔が揃ったのは高校に入学してからのことだ。

三人の仲が良かったのはむろん気があったからだが、父親が全員勤め人という似たような家庭環境も理由のひとつだったろう。

私の父親が都心にある家電メーカー、梶の父親は横須賀の基地、木次の父親は平塚の自動車部品メーカー、という具合だった。

私の家は決して裕福ではなかったが、なぜか家構えだけは大きく、四人家族にしては部屋数も多かった。梶とは家が近かったせいもあり、小さい頃から、彼は私の所によく遊びに来ていた。

一方の梶の家は、両親と兄との四人家族で、父親が、たぶんＰＸの関係だったとおもうが、進駐軍の通訳を長年勤めていた。その関係でか、やたらと英語関係の本が多く、時々彼の家を訪ねる私は驚かされたものだ。

その頃、私が一番ふしぎに感じたのは、父親の仕事の関係上、梶の家は当然、一家挙げてのアメリカ好き、とおもっていたのだが、事実はまったくその逆で、父親はガチガチのマルキストだったという点だ。

高校生の頃、夜、彼の家に遊びに行くと、父親とそれに感化されたにちがいない兄とが、私と梶に、ソ連や中国、あるいは東欧の共産圏の国々の話などをよく聞かせてくれた。もっとも梶とはちがって、私はただ聞いているふりをしていただけだったが——。梶はあまり机にむかわなくとも成績は常に上位クラスという頭脳優秀な男だったが、私はというと、陰でコツコツ努力をしてなんとか「優等生」の面目を保っているという有様で、片時も勉強のことが頭を離れなかったせいだった。ともあれ、彼の父親と兄とが聞かせてくれるその手の話は私にはチンプンカンプン以外の何物でもなく、わかったような顔でうなずくより仕方がなかったのだ。

たぶんその影響からだろう、梶も高校二年の頃には、資本論うんぬんをいっぱしにわかったような顔で、私と木次に講釈を垂れるまでになっていた。そのたびに私と木次は、互いに顔を見合わせて笑って聞き流した。そういう私たちの反応を目にしても、特に梶が怒るということはなかった。いずれはおまえらもわかる——。そう、したり顔をするだけだった。

だが、三年になってからは、そうした類の話を梶がピタリとしなくなった。その原因はあの事件にあるのだろう、と私はひそかにおもっている。

それは、私たちが高校三年を迎えようという冬の二月にテレビで生中継をされた、連合赤軍による浅間山荘籠城《ろうじょう》事件のことだ。

私たちの高校三年の一年間は、まるでそれが引き金のように、世の中にはいろいろな事件や出来事が起きた。激動の年だったといっていいだろう。

三年生に進級した早々の四月に川端康成が自殺をし、翌月は新宿のコインロッカーで紙袋に入れて捨てられていた新生児の死体が発見され、九月には日中の国交回復という歴史の転換期を迎える出来事で締めくくられた。

私と木次は、受験勉強に必死などこにでもいる高校三年生の日々を送っていたが、頭の良い梶は、余裕をみせて、太宰、三島を皮切りに、ヘミングウェイ、ヘンリー・ミラー等々、和洋織り混ぜた様々な文庫本を授業中でもこっそりと読むような、ちょっと生意気な高校生をやっていた。

妹の理絵はこのときはまだ小学校の五年生だったが、時折家を訪ねてくる梶のことを、まるでもうひとりの兄ができたかのように慕い、いつもヒヨコのようにあとを尾《つ》け回していたものだ。

たしかに受験勉強に追われてはいたが、毎日が灰色の日々だったかというと、そうでもない。

勉強のかたわらナミカジキは、たまの休日には、よく自転車を引っ張り出して、藤沢や片瀬、江の島という海岸沿いを、まるでトンボの行列のように一列に連なっては走り回っていたものだ——。ようするに、そういう一年だった。

そして高校生活を終え、梶はもちろんだが全員運よく現役で大学の門をくぐることができた。

同じW大学に入学した私と梶だったが、その学生生活は、一年のときからちょっとばかり様相を異にする。

というのは、入学して早々、私は高田馬場の六畳一間で下宿生活をはじめたからだ。親元を離れたひとりの生活。それは、受験勉強の合間に私の頭に浮かんだ憧れの生活だった。むろん実家の家計を考えれば、贅沢な選択だ。私は、仕送りを受けるかたわらでアルバイトもする、といって懸命に両親を説得したのだった。

梶も私に倣《なら》って両親にかけ合ったらしいのだが一蹴《いっしゅう》されたらしく、辻堂の自宅から通学するという日々を送るようになった。

様々なサークルの勧誘があったが、私はいずれにも参加しなかった。なにしろアルバイトをして生活費を稼がなくてはならない。

一方の梶は、もしかしたら、と予想した通り、「革命——」「——会議」とかいう、サークルとはいえない、私には縁のない連中の仲間入りをしたが、そのあとの展開が私の想像とはちょっとばかりちがっていた。連中とのつき合いをわずか半年ほどでやめてしまったのだ。もっとも、その代償に顔に青痣《あおあざ》を作ってはいたが——。

そして、すぐに一風変わったサークルに所属し直した。その名前を聞いて、正直なところ私は驚いていた。「漫画同好会」。文学青年で左翼思想に憧れを持つ梶と、「漫画」とは、私の頭のなかではどうしても結びつかなかったのだが、理由をたずねても彼はただ笑うばかりだった。

家との約束通り、私はアルバイトに精を出した。家庭教師、製本屋、パン屋、デパートの配送、ビル工事の後始末、魚河岸の力仕事——。一年生のときから、学業の合間をぬっては、それこそありとあらゆる、という具合だった。

私の家と同じくそんなに裕福でなかったにもかかわらず、梶はアルバイトというものにはほとんど手を出さなかった。というのも、その原因は彼の右腕にあった。右腕が悪くて力仕事ができない、という意味ではない。入学早々、梶は麻雀の虜《とりこ》になっていたのだ。彼が所属した「漫画同好会」というサークルは、別名「麻雀愛好会」と渾名《あだな》されるほどに麻雀が盛んで、その道に長《た》けた人間が集まることでも知られていた。頭脳優秀な梶は、すぐに腕を上げて、一年の終わり頃にはすでに、むかうところ敵なし、の状態になっていたらしい。

よく私の下宿に泊まりに来ていたが、私のバイトでの稼ぎを聞いては鼻で笑い、時々、驚くほど豪勢に酒や食事を奢ってくれることもあった。

そして、二年生になった頃から、目に見えて梶の生活が荒れはじめた。ほとんど講義に顔を出すこともなくなり、日夜、酒と麻雀に明け暮れるようになっていた。

「単位はどうするんだ？」

「世の中、そんなものがすべてじゃない」

どこか斜《はす》に構え、頬を瘦《こ》けさせてそう答える彼の姿には、高校生の頃の面影を見ることができなかった。私は懐かしくおもったものだ。彼の父親と兄とが力説する「正義」「革命」「平等」とかいう言葉にうなずいていた、あの頃の梶の顔が――。

ある秋の夕暮れに、一度、目の下を紫色に腫《は》らして、梶が私のもとを訪ねて来た。下宿に泊まったその夜、問いただした私に、一瞬迷ったあとに彼は笑って答えた。オヤジと兄貴に殴られたんだ……。

その日を境にして、プッツリと梶は私の前から姿を消した。

私には私の学生生活があり、ほかの学友もいる。そういつも梶のことを気にかけているわけにはいかない。私は私で、自分の青春を愉《たの》しみ謳歌《おうか》していた。梶とまではいかないが麻雀も覚えたし、吐くほどに友人たちと酒を飲み交わすこともあった。恋人らしき女子学生もできたし、人並みに失恋もした。

それでも実家の辻堂に帰った折りには、必ず梶の家を訪ねることだけはしていた。しかし、応対に出た母親は、たまに家に帰って来るだけで――と言い淀むばかりで、どうやら彼の家族も、はっきりとは彼の生活をつかんではいないようだった。

それから一年程が過ぎた。授業には出席しないが、梶はサークルには時々顔を出してはいるようだった。しかし私の耳に入ってくる彼の噂は、正直いって、あまり芳《かんば》しいものではなかった。

やくざまがいの連中と麻雀を打っている、バー勤めの女の部屋に入り浸っている、一杯飲み屋で酔いつぶれていた……。

私も一度、大学近くの食堂で、梶に会ったことがある。彼の顔は以前にも増して痩せこけ、眼は落ち込み、唇は乾き、生気のない表情をしていた。一瞬私は自分の目を疑ったほどだった。

「このままじゃ留年、いや、卒業できなくなるぞ」

「卒業して、どうする？　サラリーマンになれとでもいうのか」

ふて腐れたように笑って答える梶と、私は黙って別れた。

大学に残って学問を志すというのなら別だが、卒業すれば、たしかにどこかに就職して社会人になるしかない。だが他に、どんな生き方が俺たちにあるというんだ。彼のように、すねて、よれて、向こう見ずな生活でもしろというのか――。そのときの梶に対して抱いた感情は怒りにも似たものだった。

四年になった春のある日、梶が私の下宿を訪ねて来た。

その日のことを、私は決して忘れることができない。

私の下宿先の玄関には一本だけ古い桜の木が植わっていたのだが、その桜の木の下に、はらはらと舞い落ちる花びらを受けながら、ひとりの女の子が梶と肩を並べて立っていたのだ。

髪を無造作に後ろに束ねた、色白の、目のクリッとした、ジーンズ姿の小柄な女の子だった。白い歯を見せて、私にピョコンと頭を下げた。

それが私と、黒部さつきとの出会いだった。

4

夕刻、ふたたび母から電話があった。

病院に連れていって、さっきの症状は一応治まったが、絵麻にはまだ微熱があるとのことだった。

「それで、医者は、なんと？」

——たぶん風邪だろうが、はっきりしたことはわからない。この状態がつづくようだったら一度精密検査をしてみよう、って……。

あしたは学校を休ませるという。

「それがいい」

医者が慌てないようならそう大したことはないのではないか。それに、明日には理絵も帰ってくる。

私はいくらか安心し、あまり心配をしないように、と母を慰めてから電話を切った。

お先に失礼します、ということばに、顔を上げた。

もうそんな時間か……。山積みの書類と格闘しつづけていて終業時間にも気づかなかった。

「村田くん」

背をむけようとした女子社員を呼び止め、水を一杯くれるよう、私は頼んだ。

このところよく頭痛に見舞われる。またその兆候を見せはじめていた。医者からは仕事のやり過ぎだといわれた。引き出しの頭痛薬をさがす。

「はい、課長」

運んできてくれた水を村田が差し出す。

「これ、バカラグラスですか」

「そんなわきゃ、ねぇだろう。もらいもんだよ」

おどけた口調で、私は答えた。

理絵が作ったカットグラスを一つ、会社に持ってきて使っている。

「でも、こういうグラスって、手にして似合うひととそうでないひとがあるんですよね」

若過ぎてもいけないし、年寄りでもいけない。私ぐらいの年齢が一番しっくりくるという。

「そりゃ、ありがとよ」

もう一度おどけたことばを返した。

頭痛は治まり、一服することにした。椅子から立ち上がり、窓際に寄る。

会社のビルは六本木通りに面しており、八階の私の部署の窓からは、眼下に走る高速道路の全景を見ることができる。

すでに外は暗く、帰りの渋滞がはじまっていた。私はたばこを吹かしながら、数珠《じゅず》つなぎになった車の列を見るともなしに見つめた。

例の新製品の宣伝販売計画はもうあらかた準備が終わっており、午後の二時からはじまった打ち合わせも、最後の詰めをするという程度のものだった。

会議は二時間ほどで終わり、部屋を出たときに、廊下で待っていた梶が私に近寄ってきた。スーツを身にまとってはいるが、窮屈そうで、やはりどこか彼には不似合いだった。

「今度少し時間をくれないか」

梶がいった。

彼のことば遣いは、むかしの関係を匂わせたもので、クライアントに対してのそれとはちがう。

「……考えておく」

短く答えて、私は彼に背をむけた。

別にスポンサー面をしたわけではなかった。むかしの関係を背景にしたことば遣いで声をかけてくるのなら、まだ私の心のなかで彼をはっきりとは許していない以上、そうした態度で臨むのが自分の気持ちに素直なような気がしたからだ。

もし梶が社会人らしく、「K写真フィルム」第一事業部課長・並木大介、に対しての接し方をしてきたのなら、逆に私のほうが、むかしの関係をおもい起こすようなことばを彼に投げかけたとおもう。一杯つき合えよ、と誘ったかもしれない。

なぜなら、今度の仕事で再会して以来というもの、私はいつ絵麻のことを彼に打ち明けようかと悩みつづけており、それに昼前にかかってきた母の電話のこともある。そろそろ私の忍耐も限界に近づいていた。そして私の頭のなかには、木次から聞いたあの、クロの母親の一件がこびりついていたからだ。

視線を高速道路の下の道に移した。六本木通りは、この先の渋谷の高架橋を抜けると玉川通りとなる。

真夏のある日、クロが突然倒れて救急病院に運ばれたのは、その玉川通りの南平台《なんぺいだい》の坂道でだった。


梶がクロを私の下宿に連れて来た日、私たち三人は夕食を共にし、明け方近くまで一緒に飲み明かした。

話すほどに、私はクロに好感を抱いた。いや、一目ぼれだったといっていい。快活で明るく、そして頭の回転が早い。はっきりものをいうようでいて、決して相手に不快感を与えない。それは意識的にそうしているのではなく、彼女の身に備わった天性のものであるのがわかる。

クロ——黒部さつき。辻堂とは目と鼻の先の、藤沢の出身だった。私と梶より二つ年下で、同じW大の文学部の二年生になったばかり。梶と同じ「漫画同好会」のサークルに入っているという。

イラストやデザインが好きで、本当は美大に入りたかったらしい。しかし両親の強固な反対にあい、やむなくW大に入学したという。

「美術系のサークルもなくはないんですけど、それならいっそのこと漫画でも描いちゃおうかな、って……」

そういってあっけらかんと白い歯を見せる笑顔も私にはまぶしかった。

父親は日本を代表する有名な造船会社の役員で、一人娘だった。藤沢の自宅から通っているという。

「じゃあ、箱入り娘というやつか。そろそろ家に帰らないと怒られるんじゃないか?」

「だいじょうぶ。友だちの下宿に泊まる、ってダマしているから」

良家の育ちなのに、屈託がない。そしてなにより、そうした事柄になんの価値も置いていないのが話しているとよくわかる。

「人間は自由だし、貧乏でもヘッチャラ。私たちには未来があるゾ、なあ、カッ」

梶克彦。クロは梶のことを、カッと呼び捨てにしていた。それが私にはうらやましかった。酔い方も堂に入っており、その愛くるしい姿におもわず抱きしめたくなるような衝動を私は覚えた。

「俺の一番の親友は誰だ、っていうから、おまえんとこに連れてきたんだ」

横にいる梶も笑う。そんな梶の笑顔を、私は高校以来初めて見たようにおもった。

その日を境にして、私たち三人は、よく一緒になって遊んだ。映画、ボウリング、ビリヤード、そして麻雀――。そうした遊びに対しても、クロはなんの偏見も抱かず、私たちと同じように心底愉しそうに興じた。

「こらっ、カツのへたくそ。そういうときは、一万《イーワン》を切るんだよ」

梶は、それまで一度も私たちとはやろうとはしなかった麻雀にも、クロと知りあって以来、喜んで加わるようになった。そんなとき、クロは梶の後ろにへばりつき、あれこれと口だしをしては声を出して笑う。

それまでは辻堂の実家にはほとんど帰らずに、友だちの下宿などを泊まりあるいていた梶が、実家から通学するようになった。むろんクロと行き帰りを一緒にするためにだ。梶の家を訪れたとき、そんな事情を知らない彼の母は素直に喜んでいた。

そしてその夏は、三人の地元、湘南の海岸にも私たちは連日のように出かけた。江の島、葉山、油壺――。

海が好きなクロは泳ぎも上手だった。しかし泳いでもすぐにやめてしまう。いくら梶が誘っても、一度やめてしまうと、クロは二度とは海に入ろうとしなかった。なぜなのかを知るのは、それから何年かのちになってのことだったが……。

瘦せこけていた梶の表情に生気が戻り、日に日に顔が明るくなってゆく。それが、クロによってもたらされたものであるのは明らかだった。

もうはっきりとしていた。梶はクロを愛している。それも心から……。そして、どうやらそれはクロも同じようだった。

私は悩んだ。私も梶と同じように、クロのことを深く愛するようになっていたからだ。

三人でいるときは、決してそれを表に出すようなことはなかったが……。

夏が終わったとき、大学に入って初めて梶が力仕事のアルバイトをするのを見た。そして、その一か月後に、W大近くの面影《おもかげ》橋で梶の下宿生活がはじまった。

年も押し迫ったある日、梶に一杯飲み屋に誘われた。そこで私は彼に宣言されたのだった。

「なあ、並木。俺はクロが好きだ。愛している。俺は心底いま、学生生活をやり直そうという気になっている。おまえの気持ちは知っていた。だが、クロのことはあきらめてくれないか……」

そういって、見せたことのない涙を初めて梶が私に見せた。

「俺は、グレた。ガキの頃からオヤジや兄貴に教え込まれたことを信じてきたのに、それが嘘だったことを知ったからだ」

「高校の三年の頃にすでに、疑いはじめていただろう」

連合赤軍の浅間山荘事件の話を出し、あれ以来梶がそうしたことを口にしなくなった、と私はいった。

「ああ、そうだ。だが、大学に入って、自分の目で、そして自分のこの身体で確かめたかったんだ。俺がずっと小さい頃から教え込まれたことを、な。だから運動に加わった。そして連中の実態を知った。価値観の根底を失うというのは辛い。俺はそれをもう一度、それを一から作り直したい。クロは、あいつは、俺の前に現れた天使なんだ……」

「わかったよ。クロのことはきっぱりあきらめる。しかし俺たち三人はいつまでも友人だ。新しいナミカジキ——いや、ナミカジグロ、ちょっと語呂が悪いが、それでいいな」

そのことばを待っていたかのように、クロが店に顔を出した。

その夜、私たちは初めて会った日のように、明け方近くまで飲み明かした。

「クロ、梶を卒業させてやってくれよ」

梶がトイレに立ったとき、私はクロにいった。

「私にできることはなんでもやるわ。約束する。その代わりに私にも約束して。カツは純粋すぎて、時々手に負えなくなる。でも、カツのこと、絶対に見捨てないでね」

私はうなずいていた。私がクロと約束したのは、あとにも先にも、それだけだった。

そして私たち三人は、流行歌を一緒になって唄った。

青春時代の真ん中は、道に迷っているばかり……。

トップギャランの「青春時代」だった。

こっそりトイレに立ち、私は泣いた。そして、私の学生時代はその歌とともに終わったのだった。

5

土曜日の昼過ぎに、池尻の自宅マンションを出た。

この2LDKは、十六年前、理絵が大学を卒業した直後にローンを組んで購入した代物だ。

父は、私が大学を卒業した三年後に、肝硬変を患って会社を依願退職していた。その年は、理絵がA学院大学に入学した年でもある。

闘病の甲斐なく、結局父はその三年半後に他界したのだが、理絵の入学金にはとりあえず父の退職金が当てられていた。そして父が倒れた以上、今度は一家の長たる私の出番だった。

卒業するまでの理絵の学費は自分が持つ。私はそう宣言し、四年後にその責務が終わったとき、初めて自分の住居に目がむいたのだった。

電車を乗り換え、総武線の平井駅に着くと、午後の一時を少し回っていた。

駅前からタクシーに乗ろうとしたが、おもい直して歩くことにした。足を使っても二十分とはかからない。

十一月に入ったばかりの空気は、そろそろ冬の匂いがし、頰をなでゆく風もひんやりとして冷たい。しかし、空は真っ青に澄みわたっていて、大気には昼の日射しがあふれている。

私は線路伝いに、荒川の方角にむけてゆっくりと足を運んだ。

理絵から連絡が入ったのは、昨日の午後のことだった。精密検査の結果、絵麻が重度の腎臓病を患っているのがわかったという。しばらくは寝たきりの生活を余儀なくされるらしい。

絵麻は私のことを父親のように慕っている。梶のことは別にして、私も絵麻を自分の娘のようにかわいがっている。知らせを受けて、私の胸は痛んだ。

荒川の土手に出た。

目の先に、荒川が、昼の日射しを受けて滔々《とうとう》と流れている。その両岸の土手沿いには、小さな工場が肩を並べるようにしてひしめき合い、土手下の広場では子供たちが野球に興じていた。

母と理絵母娘の三人が住むのは、この土手沿いの先の一軒家だ。そして、家から百メートルほど離れた所に、廃工場を改装した理絵のガラス工房がある。

しばらく荒川の川面《かわも》を見つめたあと、私はふたたび家にむかって歩き出した。

絵麻は寝ていたが、私を見ると安心したかのような笑みを浮かべた。しばらくそばにいてやり、母とよもやま話をしたあと、工房に足をむけた。

木造の、お世辞にも立派とはいえない工房だが、窯《かま》をはじめ、溶接、グラインダーなどのガラス工芸に必要な諸設備はすべて揃っている。

理絵が窯から取り出した、赤く溶けたガラスの玉を先端につけた鉄パイプ管を吹いている。私を認めると、一段落したところで手を休め、笑みを浮かべて近寄ってきた。頬に赤みが差しているのは、窯の熱さのせいばかりではなさそうだった。

梶と離婚した頃の理絵は、頬が瘦《こ》け、白い肌もカサカサになり、見ていても痛々しいほどだった。だが好きな道に熱中しているせいだろう、いまではすっかり結婚前の健康そうな顔色に戻っている。

色白という点だけはクロに似ているが、決定的なちがいは目にあった。クロはクリッとした目をしていたが、理絵のそれは切れ長で、どちらかというと日本的美人という表現が当たっている。

「どうだ、仕事のほうはうまくいっているのか？」

「なんとか、ね」

新しい注文主ができて、少し資金が楽になったという。

「それはよかった」

目鼻がつくまで、辻堂の家を売った金を切り崩して生活をつづけるよう、理絵にはいってある。しかしいつまでもそんな状態はつづきはしないだろう。ガラス工房を維持することがおもった以上に大変であるのを、この一年見てきて私も知っている。

「絵麻の顔を見てきた。おもったより元気だったんで安心したよ」

「兄さんには弱みを見せたくないのよ、あの娘《こ》……」

日中はそうでもないが、朝晩が少し厄介《やっかい》らしい。熱が高くなり、グッタリすることもあるという。

「いまは薬でなんとかしのいではいるけれど……」

理絵が視線を落とした。

母は絵麻の病状について詳しく教えてはくれなかった。というより、理絵が話してはいないようだった。たぶん、母に心配をかけたくないのだろう。

「薬でしのいでいるけれど――なんだ？」

促すように私は訊いた。

「慢性になると、ひょっとすると人工透析をしなければならなくなることも考えられるって、そうお医者さまからいわれているの」

「人工透析か……」

新聞やテレビで人工透析がいかに大変であるのかは知っている。そうなれば絵麻の病気もさることながら、理絵の仕事のほうにも影響は必至だろう。

理絵がつま先で床のガラスの破片をつついている。そのとき私の視界の隅で、なにかがキラリと光った。

目をやると、窓のすぐ近くの古ぼけた机の上に、ドライフラワーを封じ込めた大きなガラス瓶と五つほどのグラスが無造作に置かれている。ドライフラワーはかすみ草だった。

もしあいつがいてくれたなら……。梶のことがふと頭をかすめた。仕事で梶と会ったことなど、むろん理絵には話していない。

私は机に近寄って、グラスのひとつを手に取った。

いま会社に置いてあるのと同じ類のカットグラスだが、あれよりもずっと質感があり、しかも美しい。理絵が明らかに腕を上げているのが素人の私にもわかる。

「これ、クリスタルか？」

「そう、試作品なんだけど……」

新しい注文主に見せるためにサンプルを作っているのだという。

私に肩を並べた理絵が、もうひとつのグラスを手に取り、透明度を確かめるように窓の明かりにかざして見ている。

平安のむかしはガラスのことを瑠璃《るり》といったというが、私の手にしたグラスは、その瑠璃ということばがふさわしいような光沢を放っていた。

グラスを見つめる理絵にチラリと横目をやりながら、ガラス工芸をはじめた折りに、理絵が私に語ったことばが頭に浮かんだ。

――ガラスにはもろさやはかなさを感じるの。だから、逆に、なんとしてもいつくしみたいとか守りたいとか、そういう気持ちになるのよ。ガラスが美しいのは、いつかは必ず壊れる運命にあるから、その緊張をはらんだ美、それに虜《とりこ》にされる……。

理絵は、梶に抱いている自分の感情の投影をガラスに見ているのかもしれない。

「このなかのふたつをもらっていってもいいかな？」

「いいけど……。この前あげたのはもう割っちゃったの？」

「ああ、そうだ。今度は大切にする」

自分でも意外な嘘がすらりと口をついて出てきた。

理絵は小さく笑ったあと、顔を曇らせた。やはり絵麻のことが頭を離れないのだろう。

「どうだ、少しその辺りを歩いて見ないか。きょうは良い天気だぞ」

努めて明るく私はいった。

「そうね。仲良き兄妹の図なんてのもシャレているかもね」

理絵が作り笑いのような表情で応じた。作業衣の前掛けをはずしはじめる。

ふたりで並んで土手に腰を下ろした。頬を吹く風が心地よかった。

「もう、何年になるのかしら……」

いつからのことをいっているのだろう。私は無言でたばこを取り出した。

大学を卒業した理絵は、都内のアパレルメーカーに勤めた。といっても、デザインなどとはなんら関係のない一般事務だった。

勤め出してまだ一年目のある日、突然理絵が、梶と結婚する、と私に宣言した。驚いたというより、私はうろたえた。

聞くところによると、辻堂の駅で、偶然梶と出くわしたのが始まりだという。理絵が以前から梶にほのかな恋心を抱いていることは、薄々私も感づいてはいた。卒業を間際にしたある日、辻堂の私の家で仲間たちと酒盛りを催した。私の社会人としての前途を祝おう、というのが趣旨だったが、それは表向きで、実際は全員で久しぶりに飲んで騒ごうという他愛のないものだ。

顔ぶれは、クロの出現ですっかり元気を取り戻した梶、それに木次と私。女の子は、むろんクロ、遠路かけつけてきた木次の恋人の芳子、そして理絵だった。

そのときに理絵が梶に垣間《かいま》見せた態度、クロに示したある種の嫉妬心。それを私は見逃さなかった。

そしてその夏、梶が私の家に寄ったとき、彼の自宅に咲いたというかすみ草の花束を持ってきた。理絵はそれを自分へのプレゼントだといってとても喜び、ドライフラワーにしていつまでも大切に持っていた。

理絵はまだ高校一年だったが、しかし男女の感情を十分に意識する年齢でもある。それを確信したのは、私の父の葬儀のときだ。むろん梶も顔を出していた。そのときの梶は、クロを失い、失意のどん底にあり、ふたたびクロに出会う前の学生時代と同じ飲んだくれ、いやアル中といってもいいような状態に陥っていた。その梶をかいがいしく世話していた理絵の、彼にむける視線に私は気づいたのだった。

「あいつに対する同情からか？」

私は理絵に訊いた。梶が依然として立ち直れずに、到底まともな社会人とはいえないような生活をつづけているのを知っていたからだ。

「ちがうわ。愛しているからよ」

きっぱりと、理絵は答えた。

生活を改めて、働きに出ることを梶が約束してくれたという。

私の気持ちは複雑だった。妹はかわいい。しかし、男女のあいだにおいて、愛情というものが絶対的であるのは、私自身、クロとの経験で嫌というほど知っている。

結局、私は理絵と梶の結婚を認めた。梶が理絵に約束したという、そのことばを頼りにした。約束――。そのとき、私の頭のなかに、クロとのあいだで交わした約束が頭をもたげていた。

どんなことがあっても、カツを見捨てないで……。

母は私が説得した。そして、理絵は梶と結婚した。

しかし危惧した通り、ふたりの結婚はわずか三年という短期間で破局を迎えた。梶の生活態度が変わらなかったこともあるが、やはりクロのことが原因だった。梶がクロを忘れられず、それが理絵を苦しめたようだった。

そして離婚した翌年、理絵は辻堂の実家に戻ってひとりで絵麻を産んだ。梶の父親はその二年前に他界しており、母親が兄夫婦の住む千葉に越すことによって梶の実家はすでに辻堂にはなく、その事実が梶の耳に入る畏れはなかった。

子育てを母に託して東京に働きに出るようになった理絵が、仕事のかたわら、あることに熱中しはじめた。それが、ガラス工芸だった。

なぜガラス工芸なのか。その理由についても、私は薄々察しがついた。理絵は梶が忘れられないのだ。まだ依然として激しく愛しているのだ。私の胸は痛んだ。

梶と結婚したクロは、得意のデザインの腕を生かして、渋谷に本社のある某ガラスメーカーの、グラスのイラストデザインを手がけていた。なかなか好評だったようで、私も作品を見たことがあるがすばらしいものだった。クロが倒れたのは、その会社にイラストを届けにゆく途中のことだった。それが理絵の心にあるにちがいなかった。

理絵のガラス工芸熱は治まるどころか益々高まり、揚げ句、絵麻が四歳になる直前には、フランスに留学がしたい、と私に相談を持ちかけるまでになっていた。その数か月前に、ガラスメーカー主催のガラスアート展に出品した作品が、おもいもよらぬ新人奨励賞を受けたことが自信に繋がったようだった。

日本を離れれば梶のことを忘れることができるのではないか……。結局、私は理絵に留学を許した。絵麻が小学校に入学するまで——、という条件をつけて。そして、留学費用、絵麻の養育費、そうした諸々はすべて私が面倒をみることにした。こういうときには、独身貴族といわれる経済事情が役に立つ。

約束通り、理絵は二年で帰国した。そして一年ほど品川のガラス工房で働いたあと、この荒川沿いに、念願だった自分のガラス工房を開いた。辻堂の実家を整理して母と一緒に三人で住めばいい——。そう提案したのは、他ならぬこの私だった。

6

それから一か月、十一月の下旬頃まで絵麻の病気は一進一退をつづけたが、十二月に入ってからは小康状態を保つようになり、なんとか峠を越したようにおもわれた。医者も楽観的な見方をするようになったという。

それが私の気持ちを安心させ、前にも増して仕事に打ち込めるようになった。私は、新製品発売のために処理しなければならない雑多な仕事を日々こなしていった。

あの最後の打ち合わせ会議以来、私と梶は顔を合わせることがなくなった。最終確認事項がクリアできれば、あとは現場の仕事ということになる。

年が明けてから四月まで、私の東奔西走《とうほんせいそう》の日々はつづいた。

その忙しさに追われ、私の頭のなかからは、木次に聞かされたクロの母親の一件、そして梶のことがしだいに影を薄めていった。

努力の甲斐あってか、四月に発売された新製品の売れ行きは上々の滑り出しを見せた。

時々電話でやり取りをする理絵の話では、絵麻の病気は回復の兆《きざ》しを示しているというし、工房の仕事のほうもうまくいっているらしかった。

好事魔多しというが、すべてが順調なときほど落とし穴があるものだ。

ゴールデン・ウイークが終わった五月の十一日、会社にいる私に理絵から電話が入った。絵麻の容態が急変したという。

私は取るものも取りあえず、タクシーを飛ばした。

病院のベッドで絵麻はぐっすりと寝込んでいた。そのそばで、青ざめた顔をした理絵と母のふたりが絵麻の表情をうかがっている。医者の姿はなかった。

「どうなんだ？」

寝入っている絵麻の顔を見つめながら、私は理絵に訊いた。

「どうも、慢性になっているらしいって」

高熱が出たりするのは、腎臓機能の障害から毒素が身体に回るためだという。

「ということは人工透析……？」

小さくうなずき、理絵が唇をわなわな震わせ、みるみるうちに両の目に涙をためた。


高田馬場で電車を降りた。

五分ほど歩き、大通りを左に折れる。ごみごみした裏通りを歩く私の胸に懐かしさが込みあげてきた。むかし、梶とクロと私の三人でよく行き来した道だった。

ビルの一階にある「楓《かえで》」という看板のかかったバーのドアを押した。店が潰《つぶ》れずに営業《や》っているのは、二時間前にかけた電話で確かめてある。

カウンターの隅に梶がひとりでポツンと腰を下ろしていた。

「突然だったのでビックリしたよ……」

並んで腰を下ろした私を盗み見るようにして、梶がいった。

「懐かしいな」

それには応えず、私は店内を確かめるように見回した。

壁にかかったダーツ板、猫好きのマスターが旅行に行くたび買い集める世界中の猫の置き物——。すべてがむかしのままだった。

「すまないが、これを使ってくれないか」

バーテンに声をかけ、私は持って来た紙袋のなかから、ふたつのカットグラスを取り出した。

梶が怪訝《けげん》な顔をして、私の手元を見ている。

バーテンがうなずき、カットグラスに水割りを作ってくれた。

頃合いを見計らって、私は切り出した。

「きょうは、なんの日か、当然知っているよな」

チラリと私を見て、梶がうなずいた。

五月十二日。クロの誕生日だった。昼間、会社のカレンダーを見つめているうちに、私の肚《はら》は固まった。

制作下請け会社の役員ということになってはいるが、私の調べたところでは、梶の生活ぶりは相変わらずのようで、評判もあまり芳しくない。

しかし、クロの誕生日の前日に絵麻の病気が急変したのが、私には、クロが「カツを見捨てないで」と天国からいっているようにおもえたのだ。そして、私は梶に電話を入れた。むかしよく三人で飲みに行った「楓」で待っている——。

「まだ俺のことを恨んでいるんだろうな……」

梶がカットグラスを口に運び、顔を歪めた。

「そんなときもあった。しかし、よく考えれば、むしろ苦しんでいるのは、おまえのほうじゃないか——ようやくそんなふうにおもえるようになったよ」

無言で、梶がうつむいた。

クロと梶が揃って大学を卒業したのは、私が卒業してから三年後のことだった。クロは二年後輩だから本来はその前年に卒業するはずだったが、あえて留年の道を選んだのだ。梶をなんとしても卒業させたい、という気持ちがクロにあったからだ。

卒業してひと月もしないで、梶とクロは結婚した。ささやかな会費制のパーティが開かれたが、最後まで頑《がん》としてふたりの結婚に反対していたクロの両親は出席しなかった。

明治通り裏の八畳一間、共同キッチン、共同トイレというまるで学生の下宿なみのアパートがふたりの新居だった。

梶は将来は脚本家になることを夢見て、その日から、夜は部屋にこもって原稿を書きつづけた。

家計はクロが支えた。グラスのイラストデザインでガラスメーカーから支払われるギャラが唯一の収入源だった。

そんな彼らの窮状を知っていた私は、事に寄せては差し入れを手に、ふたりの新居を訪ねた。

貧乏だが、梶とクロは本当に愉しそうだった。私の心中は正直なところ複雑だった。むろん、幸せな梶とクロを目にするのは、私にとっても心休まる時間なのだが、時々、嫉妬心が頭をもたげてくるのは、まだクロを忘れられない以上、仕方のないことだった。

そして、あの八月の七日を迎えることになる。

猛暑のつづいた、そんな夏の日のことだった。いつものように、クロはデッサン帳の一杯詰まった紙袋を手に、部屋を出た。そして南平台の坂道で、突然、倒れたのだ。救急車で病院に運び込まれたが、梶がかけつけたとき、すでにクロは帰らぬ人となっていた。死因は先天性心臓弁膜症だった。私は泣き崩れる梶をただ見ているしかなかった。梶は私を含めたまわりの人間のどんな慰めのことばも拒絶した。

遺体はクロの両親が引き取った。しかも梶が葬儀に顔を出すことすら許さなかった。そして梶は、その日以来、私や友人たちの前から姿を消したのだった。


「なあ、梶」

私は呼びかけ、スーツの胸ポケットから写真を取り出して手渡した。絵麻が小学校に入学したときに撮った、理絵と絵麻の母娘が並んでいる写真だった。

梶が食い入るように、見つめている。

「おまえと同じように、俺も苦しんだ。信じようと信じまいとおまえの自由だが、これから聞かせる俺の話に質問は一切受けつけない。少なくとも、俺にはそれぐらいの権利はあるとおもう……」

カットグラスを口に運び、アルコールで舌を湿らせてから私は話しはじめた。

話の途中から、こらえ切れぬように、梶がすすり泣きをはじめた。私は見ぬふりをして、ただ淡々と、離婚してからの理絵母娘のことを話しつづけた。だが、クロの母親の一件だけは口にしなかった。

すべてを話し終えたとき、梶は両の掌で顔を覆い、しゃくり上げていた。

最後に、私は宣告するようにいった。

「俺はクロと約束したんだ。カツを見捨てない、と。その約束は、俺なりに果たしたつもりだ。いまのおまえの姿を、天国のクロは決して喜んではいないだろう。おまえに時間をやる。きょうかぎり連絡はしない。でももし、考えた末に、もう一度だけ理絵と本気でやり直すつもりがあるのなら、クロの命日に、クロのお墓に、このカットグラスに花を活《い》けて飾っておいてくれ。もし、グラスがなければ、俺はあきらめる。そしてこれまで通り、理絵には一切口を噤んで、おまえのことは話さない」

7

鎌倉の駅で江ノ電に乗り換えた。

小さなゆっくりと走る電車だ。車窓から目にする夕暮れ時の風景が、まるで分解写真のひとコマを見ているかのように、ゆっくりと流れていく。

いくつかの駅をやり過ごしたあと、「由比ケ浜《ゆいがはま》」の車掌のアナウンスに、私は隣に座る理絵を促して腰を上げた。

クロの母親が書いてくれた略図を頼りに、しばらく歩いた。

日中のうだるような暑さがまだ大気に残っており、そして地面も灼《や》けているせいか、知らず知らずのうちに身体が汗ばんでくる。時折、遠くから蟬《せみ》の鳴き声が聞こえた。

東京駅で電車に乗ったときから、理絵は無言だった。

お昼に平井の家を訪ねて、きょうは夜まで私とつき合うよう、理絵に告げた。どこに行くとも、目的についても話さなかった。怪訝な顔を一度見せたが、理絵もあえて尋ねようとはしなかった。

しかし、たぶん鎌倉の駅でピンと来たのではないだろうか。無言が緊張を含んだ寡黙へと変わった。

クロの誕生日に梶と会った翌週の土曜日、私は木次を伴って伊東のクロの母親の家を訪ねた。ゴルフ場で一緒にプレーをしたとき、木次は母親から自宅の住所を聞いていた。

私がクロの母親を訪ねる気になった——いや訪ねなければならないとおもったのは、高田馬場で梶と会ったとき、別れしなに彼がこう洩らしたからだ。

俺はクロから病気のことなど、これっぽっちも聞かされていなかったんだ。知っていれば……知っていれば……、俺は脚本家の夢なんか捨てて、力仕事でも何でもやったー。

クロの母親の家は、伊東市街の背後の山の麓《ふもと》にあった。たったひとりで住むのがふさわし過ぎるような、緑の生け垣に囲まれた小さなマッチ箱のような家で、庭にはたくさんのサツキが植えられていた。

突然の訪問ではあったが、幸い母親は在宅していた。すぐに木次の顔を憶《おも》いだしたが、嬉しさや驚きというより、いぶかるような表情を見せた。

通された部屋には、明らかにクロとわかる幼女の写真、それに大学時代のスナップなどが壁中に飾られていた。

私と木次は、自分たちが梶の友人であることを打ち明けた。木次は、過日クロの話を聞かされたとき、その事実に気づきはしたが口にしそびれたのだ、と素直に詫びた。

当初は、怒りとも困惑ともとれる表情を浮かべたが、丁寧な私の語り口に、母親はしだいに心を開き私の話に耳を傾けてくれた。

ナミカジキからはじまり、いかに梶とクロが愛し合っていたか、クロを失ってからどれほど梶が身も心もボロボロになってきょうまで生きてきたか、そしてそれがために私の妹の理絵がいまどのような境遇にあるのか、そしてクロが死んで十八年にもなるのにいまだに彼女のことが忘れられず梶が苦しんでいる——というようなことを、私はあらんかぎりの熱意をもって母親に話した。

そして最後に私はいった。

「あのとき梶は一切言い訳をしなかったのですが、あいつは、さつきさんの病気のことはこれっぽちも知らなかったんです。たぶん、梶を心配させてはいけないという、さつきさんらしい思いやりからだったのではないでしょうか……」

最初の頑《かたく》なな態度が、話の途中から和らぎだし、最後のことばを耳にしたとき、白髪の母親の双眸《そうぼう》からあふれ出た涙が頬を伝った。その涙を目にし、私はクロの母親が梶を許してくれたことを確信した。

そうですか……、知らなかったんですか。さつきの命日に、この十七年、変わることなく必ず新しい花を供えてくれていたのは梶さんだったんですね……。

クロの母親はそういって、またひとしきり泣きじゃくった。

黒部家を辞去したのは、訪ねてから三時間後のことだった。

ゆるやかな勾配《こうばい》の坂道を登り、木々の姿が目立つ高台に出たとき、鳴きつづけていた一匹の蟬の声がピタリとやんだ。視界の先に寺の門が見えた。

門をくぐり、寺の裏手に回った。一言も発せず、黙って理絵がついてくる。

西の空が茜に染まり、たくさんのお墓が夕陽を浴びて橙《だいだい》色に輝いていた。ひと影はひとつもなかった。

入って右の三列目、そこから数えて十番目——。クロの母親のメモには、そう記されている。

由比ケ浜の駅前で買った献花を握り直し、一度深呼吸をしてから、私はクロの墓にむかって足を運んだ。

ひとつ、ふたつ、みっつ……。私はつとめて先を見なかった。九つ目を数えたとき、私の目の端でキラリとなにかが光った。

十番目の墓石の前に、一輪のかすみ草が挿されたカットグラスが夕陽を浴びて輝いていた。

理絵がじっとそのグラスに入ったかすみ草を見つめている。そして、墓に歩み寄り墓碑銘に目を凝らした。

「これ……」

私に視線をむけ、理絵がはじめて、口を開いた。

私は軽くうなずいて見せた。そして、カットグラスの横に、手にした花束を置いた。

「おまえもずいぶんと苦しんだ。もうそろそろ幸せになってもいいころだ」

振り返り、私は理絵を見つめて、いった。理絵の顔が歪み、泣き笑いの表情に変わる。

「詳しくは帰ってからゆっくり話すよ。人生というのは、そうそういつまでも悪いことがつづくわけじゃない」

理絵が顔を伏せた。

そのとき、ずっと先の墓地の片隅にある木立のなかで、ひと影が動いたようにおもった。木立のそのまた先、はるか彼方《かなた》には夕陽を浴びて光り輝く海が広がっている。

ひと影はふたつだった。ひとりは白髪の老婦人だった。そして老婦人の肩をいたわるように支えて海を見ている男の後ろ姿を確かめた私は、理絵がそのひと影に気づかぬよう、そっと身体をずらした。

ふたつの影がしゃがみ込み、私の視界から消えた。

私は持って来た小さな紙袋のなかから、カットグラスを取り出して、梶の置いたグラスの隣に並べた。そして供えた花束から白い花を一輪抜き取り、そのなかに挿した。

「兄さん……」

「俺もそろそろ幸せになってもいいだろう」

私は理絵の肩に手を回して、クロの墓に背をむけた。

浜のリリー

1

代々木の事務所に帰ってきたのは四時過ぎだった。

私の事務所のあるこの一角は、すぐそばに神宮の森が広がり、都内でも有数の高級住宅地として知られている。

三階建ての事務所ビルの隣家の石塀から金木犀《きんもくせい》の枝がのぞいている。枝には橙色の小さな花が咲き誇り、漂うその花の香りが深まりゆく秋を教えていた。

瓦葺《かわらぶ》きの石塀の所々はひび割れ、金木犀の数メートル先には木蓮の木が、そしてそのすぐ後ろには樹齢、二、三百年はあろうかという立派な杉の木が数本、まるで周囲を睥《へい》睨《げい》するかのように天高く伸びている。

七年前、私がこの場所を事務所として選んだのは、閑静なこの周辺の環境が――というより、隣家のこの庭の風情に心魅かれたからといってよい。

確かにその選択は誤りではなかった。最近ではつくづくそれを実感する。五十にあと一歩という年齢にさしかかったいま、仕事を終えて事務所に戻ってきたときなど、この木々を目にすると、どこかほっとした気分になれる。「法月設計事務所」と書き込まれた郵便受けをのぞいてから、私は三階への階段を昇った。

事務所ビルといっても、一階はこのビルのオーナーが住居として、そして二階は雑誌などでもときどき名前を見る有名な服飾デザイナーがサブオフィスとして使っているだけの小さなものだ。

設計フロアに顔を出し、事務員の白石に帰った旨を会釈で伝えてから私は自分の部屋に腰を落ちつけた。留守中にかかってきた電話のメモに目を通したあと、机の上に置かれた郵便物の束を手にソファに座り直す。

そのなかの、個人的用向きを匂わせる一通の封筒に目がいった。封筒の上部が朱色に塗られている。速達だ。

法月秀明様、と表に達筆で名がしたためられている。書体にはうっすらと記憶があった。だが、想いだせない。

裏面の差出人、横浜市――、小松原医院、小松原実《みのる》の名前を目にしたとき、一瞬私は動揺した。だがすぐにその動揺はさざ波のような感情へと姿を変えた。

それは甘酸っぱくほろ苦い、まるでいまの自分の年齢を忘れさせるかのような、微妙でふしぎな味わいを持った感情だった。

私はデスクの鋏《はさみ》を取り、手紙の封を切った。

なかから二枚の便箋が出てきた。一枚には短い手紙文がしたためられ、そして白紙のもう一枚がそれを包んでいた。

手紙には型通りの挨拶のあと、二日前に麗子が可愛がっていたコッカスパニエルのジローが死んだ、と書かれていた。そして、可能ならば、ぜひ一両日中にでも会う時間を取ってもらえないだろうか、と付記されていた。麗子のことにはなにも触れていない。

小松原とはたった一回会ったことがあるだけだった。かれこれ十五年前、この東京からはるか離れた、四国の、とある街でだった。

以来連絡すらしなかったが、一度だけ葉書をもらった。東京に戻り、苦労が報われて一応なんとか世間的に認められた設計士としてこの事務所を開いた七年前の秋のことだ。葉書には、ご成功をお祝いします、ますますのご活躍を――、との祝いと激励を兼ねた言葉が簡潔にしたためられていた。

小松原には、新事務所の挨拶状など送ってはいなかった。たぶん雑誌かなにかの記事を見たのだろう。私はその前年とその年、建築界ではちょっと名のある賞をつづけざまに受賞しマスコミにも何度か登場していた。

返事を書くべきかどうか——。ずいぶん迷ったが、結局出さなかった。好意を無言で受け止めることが、麗子と小松原に対する礼儀、と判断したからだ。それに、差出人は小松原実本人のみになっており、妻である麗子の名前は記されていなかった。もしかしたら麗子には内緒で小松原が出したものかもしれなかった。

私は便箋を手にしたまま、窓の外に暮れゆく西の空をながめた。

夕焼けが遠くのビルの屋上を、そしてすぐちかくの木立を赤く染めている。

その夕焼け空を見つめているうちに、私の頭のなかに封印してあった記憶がしだいに色を帯び、甦ってきた。

この夕焼け空の果てにかつてのあの街がある——。その街の小高い丘の上にあった麗子の部屋で、私と麗子はふたりしてよく夕焼けの空を見つめたものだ。

逆流した時間が次から次にあらたな記憶を呼び起こす。私はしばらくのあいだ記憶の波間に漂った。

しかし十五年も時が流れたいまごろになって、なぜ小松原は私に会いたいといってきたのだろう。たしかにジローは、麗子が、そして私が可愛がっていた犬だった。だがはたして、そのジローの死を伝えるためだけにこんな速達を送ってくるものだろうか。もしかしたら麗子の気持ちをおもんぱかって小松原が内密に知らせてくれたのだろうか……。

そうこう考えるうちに、しだいに胸の鼓動が高まり、私は落ち着きを失った。

そして私は、ほとんど無意識のうちに受話器に手を伸ばしていた。手紙の裏面に記された小松原医院の電話番号を確かめながらプッシュボタンを押す。

小松原医院です——。応じた女の声は麗子ではなかった。私は名を名乗り、院長に取り次いでくれるよう、伝えた。

耳元にオルゴールのメロディーが流れ、すぐにかすれた男の声に取って代わった。

「お待たせしました。お元気でしたか」

初対面のとき、小松原は五十五だと自己紹介した。それが事実なら、彼はもう七十になる。回線を通して耳に響く声はその年齢通りに老いたものではあったが、確かに記憶にある小松原のものに違いなかった。

「ごぶさたしております。いつぞやはごていねいなお葉書ありがとうございました」

私は返事も出さなかった非礼を詫びた。

「相変わらずご活躍のようですね」

「恐れ入ります。お手紙、たったいま拝読させていただきました。ジローは長生きしたのですね」

奥様はお元気ですか——。おもわず喉元まで出かかった言葉を私は飲み込んだ。

「詳しくはわかりませんが、犬の十八年といえば、人間にたとえれば、七、八十歳ぐらいにはなるんでしょう。それを考えますと、私はなんとなくジローに置いてきぼりにされた気がしていますよ」

受話器のむこうで、小松原が笑ったようだった。

「なにをおっしゃいますか。大変お元気な声を耳にできて私もほっとしました」

そう口にする私の脳裏に、麗子の部屋の玄関先で宙返りをしていた在りし日のジローの姿が浮かんできた。

ジローは、麗子や私の足音を聞きつけると、必ず玄関先まで走り出て、麗子のただいまの一声に、見事なバック転の宙返りを披露したものだった。それがジロー流の私たちを出迎える儀式でもあった。

ちょっと電話口に間があった。

小松原は麗子のことを口にしなかった。こだわっているのだろうか。あるいは私が切り出すのを待っているのだろうか——。

「この一両日中に——とのことでしたが」私は時計をチラリと見てから、いった。「きょうこれから、ということではいけませんか」

私は明日の午後から大阪に出かけなければならない仕事を抱えていた。小松原の意に添うには、いましか時間が取れなかった。

まだ五時前で、横浜までは電車を乗り継いでも一時間と少々で着く。小松原の医院が元町の裏手にあることは、以前に彼から教えられていた。

「いいでしょう」数呼吸置いて、小松原が受諾の言葉を返してきた。「こんな時間ですし、一緒に食事でもといいたいところなのですが、めっきりと身体が弱くなりましてね。いまでは私専用の特別料理しか受け入れられなくなっているのですよ」

そういって小松原が小さな笑いを電話口にもらした。

「それは……。どうぞ、ごゆっくりなさってください。私のほうは時間はかまいませんから」

「では、今晩九時に、ということではいかがですか」

私は承諾した。病院への道は、住所を頼りに捜すと言い添えた。

「法月さんをぜひお連れしたいところがあります」

結局麗子のことには一切触れず、最後に一言そういってから小松原が電話を切った。

ソファに座り、しばらくのあいだ私は、すでに夕日の落ちた窓の外を見つめつづけた。

十五年前の、ショートカットにした麗子の顔を私はおもい浮かべた。あのころの彼女は二十六歳だった。つまりもう四十一歳ということになる。

どのように変わったのだろう。これから会えるであろう麗子のことをおもうと、私の気持ちは妙に騒いだ。

連れてゆきたいところ——。小松原が口にした言葉が、まるでこだまのように私の頭のなかで行き交った。そのとき私の脳裏に、十五年前、麗子と別れて東京に戻ってきた折りに、一度だけのぞいたことのある、ある場所の光景が浮かんできた。
元町の裏手にあったクラブ——麗子がかつてその店の専属歌手だったことを教えてくれたのは、小松原だった。

2

十五年前——。

新たな勤務地、松山に着いたのは深夜の十二時近かった。

会社で用意してある社宅には行く気にはなれなかった。それに、きょう私が松山に着くことすらも支社の人間には教えていない。

着任の辞令は十月の一日づけだった。まだ二日も余裕がある。

私はその日まで、会社の誰にも松山に来ていることは教えずに、ひとりどこかの温泉旅館で過ごすつもりだった。

予讃《よさん》線の松山駅のタクシー乗り場は、東京とはちがってひとの列もなく、いかにも都落ちした気分にさせてくれた。

宿泊の予約をしていないのだが、どこか適当な旅館はないだろうか――。私の言葉に、運転手が目を輝かせた。たぶん紹介料のいくばくかが彼の手にもたらされるのだろう。

「松山は初めてで？」

「ああ」

運転手の問いかけを軽いあいづちであしらった。

これからは地の人間とも仲良くやっていかねばならない。その意識が心の奥にはあるのだが、なにしろ私は疲れていた。

東京を発ったのが、二週間前。それから新潟を回り、金沢、大阪と気ままな旅をつづけてきた。

岡山で一泊したあと、フェリーで高松に出、予讃線を使って三時間あまりの長旅の末にやっと松山に着いたばかりなのだ。

これがお堀端ですわ。それで、こっちが繁華街になっとります。松山は飲み屋の多いところですけんね――。

運転手の言葉を耳にしながら、私は座席でまどろんでいた。

連れていかれたのは、近代的な温泉旅館の建物の先にある、日本式旅館の、どちらかというと寂《さび》れた匂いを漂わせたものだった。

しかしその外見を目にして、むしろ私はほっとした気分になった。宿泊客の多いざわついた旅館はどうも落ち着かない。その旅館のたたずまいはいまの私の心情に似合ったものといっていいものだったからだ。

旅館はどうやら高台にあるらしく、部屋の窓からは市内一帯の明かりを目にすることができた。

その夜、私は一、二時間ほど横になったあと、窓を開け放ち、外に広がる夜景を見つめながら、この旅行中はつとめて考えることを拒否していたこれから先の転勤生活について初めて、静かに考えをめぐらせた。

目覚めたのは翌日の昼近くだった。

窓を開けると、空には一片の雲もなく、抜けるような青さがはるか彼方まで広がっていた。

宿の周辺の飯屋で朝食と昼食を兼ねた食事をとったあと、観光タクシーを一台呼んでもらって、私は午後からこの新しい赴任地の観察に出かけることにした。

ここの支社は総勢十五、六名の人員で、私の会社の全国に散らばる支社群のなかでも下から数えた方がいいほどに小さいものだ。

そこで働く人間も、大阪支社から派遣された数人の社員以外は大半が地元採用の者で占められており、東京の本社から赴任しているのは、あと四、五年で定年を迎えるという支社長の桂木だけだった。たぶん彼も、来年の定期異動で本社に戻り、そして長年のサラリーマン生活に別れを告げることになるのだろう。

私が貰った辞令の肩書きは副支社長というものだった。つまりこの支社では、桂木に次ぐ立場ということになる。

迎えに来たのは個人タクシーだった。昨夜の運転手とはちがい初老のもの静かな男で、話しぶりもどこかおっとりとしており、それが私の気持ちを和ませた。

「どこから回りましょうかの？」

「お任せしますよ。この街のだいたいの雰囲気がわかればそれでいい」

「街のだいたい——、いうたかて、小さなもんですけの。車で走れば、市街地など十分で走り抜けてしまいますけん」

それでも運転手は、それなりに考えをめぐらしながら市内を回ってくれた。

近場の道後の元湯をはじめとして、石手寺、正岡子規の記念碑、そして市の奥にある奥道後温泉までを解説を交えつつゆっくりと車を走らせる。

一通り回ったのだろう、運転手が車を西にむけると、いった。

「あとは海岸沿いをずっと回ってみましょうかの。そうすれば街の輪郭がつかめますでしょ」

しばらく走ると、眼前の澄んだ空の下に、湖面をおもわせる青い静かな海が姿を現した。瀬戸内海だった。

松山に来る前、岡山から高松にむかうフェリーの船上からすでに一度目にしている。しかし陸地からこうして見る海の景色には、また別の感慨があった。足を踏みしめているこの土地——。自分はここでしばらく生活することになる——その実感だった。

しばらく海岸沿いを走り、松山の外れで運転手が車を止めた。

「この辺りが、東の境目ですわ。小さな街でっしゃろ。この道をまっすぐゆくと高松の方に出ます。あとは逆戻りして、高知に通じる伊予の海岸づたいを走れば、終わりですわ」

私はうなずいてから、車を下りた。

しばらく待っていてくれるよう、運転手に告げ、私はガードレールの横の小径《こみち》をつたって海岸ぷちにむけて歩いた。

波と呼ぶにはあまりに小さなさざ波が岸を洗っていた。透明のきれいな海水だった。底にある玉石が、日の光を反射して時々キラリと輝く。

掌で海水をすくってみると、ひんやりとした感触がつたわってきた。

小さな、こんなにきれいな海を抱いているこの小さな街に、はたして私にやれるような仕事があるのだろうか……。

あまりにも東京との生活に落差がある。空の青さ、海の透明さ、流れる風、そうした目にするもの肌で触れるもののすべてが東京とはちがっている。

この十二年の勤め人生活というのはいったい自分にとってなんだったのだろう……。

私は掌からこぼれる海水を見つめながら、そのおもいにとらわれた。

「井出建設」――。私の勤める建設会社は業界で何本指かに入る大手のゼネコンとして知られている。

私学の建築学科を卒業した私がここに就職したのは、学生がよく使う手段である、ゼミの教授の口ききとか、親類縁者のツテによるものではなかった。入社試験による極めてまっとうな正攻法によるものだった。

そうあることが本来の姿だ、などと気取ったわけではない。自分がどちらかというと気紛《きまぐ》れな性分であることを私は十分に自覚していた。したがってもしこの就職が自分の意に添わぬものであれば、いつでも辞めるという覚悟を持っていた。だがそういう事態になったとき、いらぬしがらみでもあれば、それこそ身動きが取れなくなってしまう。ただそれが嫌なだけだった。

幸いにといおうか、勤めて十二年、何度か嫌なおもいを味わうことはあったが、これまで瑕瑾《かきん》のない勤め人生活を送ることができた。

来年の春の人事考課では、課長に昇進するだろうことは社内ではすでに既定の事実のように受け取られていた。またそれに見あうだけの働きをしてきたとも自分ながらおもう。

三十四歳という年齢、それに出世コースを歩んでいる。むろん言い寄る女は何人もいた。しかし私はこの年まで独身を通してきていた。結婚に対する憧れも特になかったし、ましてや焦りなどを感じたこともない。男と女はめぐり合う運命のときにめぐり合うもの——、それが私の持論だった。

そんな私が会社に対して抱いていた唯一の不満は、私の願う部署、設計部にいつまでたっても配属されないことだった。

数年前に建築士の資格も取り、何度か設計部へ配属願を提出してはいたものの、受理はされなかった。

ひとつは、設計部門の統括責任者に非常に学閥意識の強い役員がおり、彼が自分の出身校である国立のG大学卒業者を設計部に偏重する傾向があったからだ。私は私学の出身で、それがどうやら彼のお眼鏡にかなわなかったらしい。

それともうひとつ——これは私にとって有難迷惑な話で、しかもこちらの理由のほうがはるかに大きいとおもうのだが——、私が所属する営業部の直属の上司が私の営業センスを高く評価し、どうしても手元から放したがらなかったという理由がある。

私は自分の建築設計における才能に対していささかの自負心があった。学生時代には、応募した建築協会主催の仮想コンペティションにおいては、その何点かが優秀賞や佳作に選ばれたこともあるほどだ。したがって就職を前にしたとき、大学院に進むかどうかで真剣に悩んだ。だが結果的には就職の道を選ばざるを得なかった。父はすでに他界していたが、私には老いた母親がおり、その上私は一人っ子で大学に進学できたのも母親が父の残したわずかばかりの遺産を大切に守ってきてくれたためだった。つまり、経済的な問題が自分の進路を決めたということだ。

故郷の母親に月々の送金をするかたわら、私の一見前途洋々に見える勤め人生活はつづけられていた。

嫌われる上司より買ってくれる上司だよ——。

時としてふつふつとわき上がってくる私の不満に対して、学生時代の友人、あるいは会社の気の置けぬ同僚たちは、そういって慰めの言葉を投げかけてくれた。

組織のなかでの居心地の良さというものは、己の希望が遠ざかってゆくという現実に対して痛痒《つうよう》すらも感じさせなくしてしまう。

日々追われる仕事のなかで、あれほどまでに憧れていた建築設計士になるという私の夢もいつしかその色を失いつつあった。

そんな平々凡々とした生活がつづいていた三か月前のある日、私は激震に見舞われた。

宿屋で夕食をとったあと、ぶらりと街なかに足をむけた。東京の繁華街に比べれば、たしかに街の規模は小さなものだった。東西南北にアーケードでおおわれた目抜き通りが走り、その裏側に飲み屋のビルがひしめいている。三十分ほどかけて、まるで歩測するかのような足取りで、私は街なかを彷徨《さまよ》い歩いた。夜の九時だというのに、人通りはおもったほどなかった。というより閑散とした感すらある。こうしたところも、東京とはちがっていた。都内の盛り場というのは、この時刻ともなればいずこからともなくひとが集まりだし、それこそ街に生気がみなぎりだすものだ。

夜の街に私は慣れていた。建設会社の営業など、いってみれば夜の接待係みたいなものだ。入社早々に、私は先輩社員に引き連れられてその道を覚え込まされている。見知らぬ土地に出張で出かけても、店構えや、周辺の雰囲気によって、その店がどの程度のものなのか容易に判断できるだけの目を持ち合わせていた。

映画館の入ったビルの裏手に、私の触角にピンとくるクラブの看板が出ていた。クラブ「アデュ」。意味不明だが匂いはある。

その店のある地下からほろ酔い加減の客が数人出てきた。客筋も悪くはなさそうだった。

私は地下への階段を下り、店のドアを押した。瞬間、喧騒が耳に飛び込んできた。

店内は広く、ホステスも二、三十人はいそうだった。たぶんこの街でも、何本指かに入る名のあるクラブなのだろう。

席に着くと、黒服が膝を折り、指名は？　と私に訊いた。

「ないね。誰でもいい」

私は飲み慣れているスコッチの名をいい、ボトルを一本持ってきてくれるよう頼んだ。

その一言で、私への値踏みが終わったようだった。一見客《いちげん》に見せる最初の目の光りがなくなっている。

ついたのは、二十五、六の女だった。この手の店の女を適当にあしらう術《すべ》は、私にもすでに身に付いている。三十分ほど、他愛のない話をしながら時間を潰した。

頃合いを見て、会社の名前を出してみた。

「井出建設のひとは来ますか？」

耳にしたことはあるが席に着いたことはないという。どうやら会社の連中はあまりこの店は使っていないようだった。

そのとき、入口に姿を現した若い女に私の視線は吸い込まれた。ベージュを基調にした黒をきかせたシックないでたちで、そう派手な装いではないのだが、女の周辺には、ぱっと華やいだ雰囲気があったからだ。

「誰、あのひと、お客さん？」

私は横の女に訊いた。

時刻は十時近い。店への出勤にしては遅過ぎる。

「あら、目ざといのね。リリーさんよ。お店のナンバーワン」

口調からは、女が彼女に好意を持っていないのが感じ取れた。

「リリー、か。なんか、戦後のどさくさのキャバレーにでもいたような名だな」

私の台詞《せりふ》に女が笑った。今どきの銀座や六本木ではまったく耳にしない源氏名だ。

「呼びます？　でも来るか来ないかは、彼女の胸ひとつだけど」

女が半分嫌味のような口調でいった。

「彼女の胸ひとつとはどういうこと？　こっちは客だよ」

「彼女はそうはおもっていないということ。なにしろ出勤日、出勤時間も自分の気分次第で、当店自慢の女王様だから」

それでこんな時間に平然と顔を出しているのだろう。いささか興味を引かれ、私は店の奥のカウンターに座ったリリーという名の女を見つめた。

ショートカットの髪を薄い茶に染め、時折横をむくと、そのコケティッシュな顔の中央にある小さな鼻が印象的だった。背丈は小さいほうだろう。年の頃、二十四、五というところか。

リリーの耳元で黒服がなにかささやいている。私のはすむかいのテーブルに座っている三人連れの客を一瞥すると彼女が首を横に振った。どうやらお気に召さなかったらしい。

「なるほどね」

「――でしょう」

女がしたり顔をした。

「でもよくそれでお客が黙っているね」

「こういう田舎の街では、都会から流れてくる女にめっぽう弱いのよ」

「都会から流れてくる？」

「なんでも、横浜生まれの横浜育ちなんだって。しかもシンガーという触れ込み――。これなら田舎者はイチコロでしょ。もっとも彼女の歌を聴いたひとはいまだにひとりもいないらしいけど」

女の口調には、はっきりとした敵意が感じられた。

「呼んでみてくれないかな」

女がまじまじとした視線で私を見つめ返してきた。

「このお店、初めてなんでしょう？　無理だとおもうな」

女には私の身元を明かしていない。たぶん観光で訪れた一見客とでもおもっているのではないか。

「なんにだって最初はある。それに彼女の気持ちひとつで席に来てくれるかどうかが決まるというなら、ぜひともその判定を受けてみたい気がするね」

渋々という表情で、女が黒服を呼んだ。

こちらのお客さんが――。女が黒服にささやく。

黒服が私をチラリと見てから、奥のカウンターにむかった。私のほうに視線をむけてリリーに何事かささやいている。

リリーと私の目が合った。

一瞬、気怠《けだる》いような表情を浮かべてから、リリーが腰をあげた。

隣の女が、意外そうな顔をし、私を見た。

リリーがテーブルに近づいてくるのを見ると、女が水割りのグラスをコースターで覆い、無言で席を立った。

先刻リリーに断られたはすむかいのテーブル客からの痛いような視線を私は感じた。

「呼んでくれてありがとう」

リリーがさっきの女の座っていた席に腰をおろすなり、いった。

「いや、来てはくれないとおもったよ」

「あら、どうして？」

「君は品定めをする、って聞いたから」

リリーが口元にふっと笑みを浮かべた。笑うと、無邪気な、幼い表情になる。なぜかそのとき、私はこのリリーに対して、女が口にしたのとは違う印象を持った。好きなものを飲んでくれるよう、私はリリーにいった。

「お酒はいま断《た》っているの」

「なにか願《がん》かけでもしているのかい？」

笑っただけで、リリーはなにも答えなかった。ボーイを呼び、彼女は、いつものを、といった。

「東京のひとでしょ？　観光でいらしたの？」

ボーイの運んできたあめ色の飲み物の入ったグラスを揺すりながら、リリーが訊いた。たぶん、紅茶のようなものが入っているのだろう。

「いや、君と一緒さ」

「わたしと一緒、って？」

「流れてきた」

建設会社の社員で、この街に新しく赴任してきたのだと、私はいった。

「こんな時期に？　よくは知らないけど、会社の転勤って春じゃないの？」

「いろいろある。厄介払いでもしたかったんじゃないか」

口にしながら、私は忘れていた苦いおもいがふたたび胸のなかで頭をもたげてくるのを感じた。

それを追い払うように、私は訊いた。

「シンガーなんだって？」

否定も肯定もせず、リリーがにっこりと笑った。その笑顔がまた一段と彼女を幼く見せている。

「建設会社のひと、って、麻雀もよくするんでしょ？」

「麻雀？」

唐突なリリーの質問に、私は一瞬戸惑った。

「やるさ。それも商売柄、激しくね」

自嘲を込めて私はいった。

営業活動では、麻雀はいわば必須科目だった。大切な相手には、なかば公然と、しかも礼を失しないような負け方で負けてやる。いってみれば、リベートを麻雀という形に変えて支払っているようなものだ。

学生時代に麻雀は覚えている。しかも腕の良さでは仲間内でも群を抜いていた。もっとも社会人になって、建設会社の営業でそれが役に立つなどとはおもいもしなかったが――。私の営業センスうんぬんという上司の言葉にはたぶんその意味も含まれているはずだ。

「しかし、なぜ、麻雀なんだい？　君もやるのかい？」

「少しだけ。ねえ、このあと、なにか予定はあるの？」

「別になにもない。宿で寝るだけさ」

道後の温泉ホテルに宿泊しているのだと私はいった。

「じゃ、店が終わったらつき合ってよ。最近、東京から来たひととあまり話をしてないのよ」

私に異存はなかった。ひとり宿で過ごすより、よほど気がきいている。場合によったら、まだ誰も聴いたことがないというリリーの歌を耳にする光栄に浴するかもしれない。

リリーは待ち合わせの店とその場所の略図をコースターの裏面に書き込むと、さっき彼女を呼んで断られたはすむかいの客席に、上機嫌の足をむけた。

「ふぅ〜ん。それで？」

いくらか怪しくなった口元で、リリーがいった。テーブルにはもう何杯目かになるカクテルが置かれている。

リリーに尋ねられるままに、私はこの街に転勤となったいきさつについて話して聞かせた。

酒を断っていると、リリーはいったが、どうやら嘘をついていたわけではないらしい。

リリーがカクテルを注文したとき、馴染みだというバーのマスターが驚きの表情を浮かべていたからだ。

「つまり、臭いものには蓋をしろ、ということなんだろう。いきなり転勤の辞令が出たというわけさ」

三か月前のある日、都のメモリアル館建設に絡んで談合汚職の疑いがある、と某新聞がすっぱ抜いた。

そのメモリアル館建設は、青少年の健全な育成を謳《うた》い文句に、数年前から各方面の文化人や有識者の意見を参考にして計画されていたものだった。そしてそのプロジェクトには、私の会社も一枚かんでいた。実質的な責任者は、むろん私の直属の上司であったが、営業の先鋒となっていたのは私だった。

計画には私の社以外にもいくつかの会社が参画していたが、最終的には四社の共同施工ということで内定が下されていた。

私にはその新聞が暴露したようなことの心当たりは皆無だった。ましてや汚職と指摘されるようなことはまったく身に覚えがない。

私は何度か、警察で任意の事情聴取を受け、社内においても、役員会でことの経緯を詳細に報告するという羽目に陥った。

結果的にその事件は、その一か月後に、施工の業者枠に入らなかった他社の幹部の数人と都の業者選定の権限を持つ役人のひとりが贈収賄の容疑で告発されたことによって幕を閉じた。

私に転勤の辞令が出たのは、その二週間後だった。

「つまり、ノリさんは会社から放りだされたんでしょ？」

「そういうことかな」

私は苦笑でリリーに応じた。

法月秀明。きょう初めて会ったというのに、名前を教えてからのリリーは、まるで自分の恋人のように、私のことを、ノリさん、ノリさん、と親しげに呼んだ。その呼ばれ方が私にはなぜか心地良かった。

一度そうした疑惑の渦中にあった者が公共事業の受注活動に出るのは不利だ、つまり冷却期間を置くのだ、と上司は説明した。それなら長年の夢である設計部門に配置替えをしてほしい、と私は執拗に抗議した。

だが大会社で一度決まった辞令が撤回されるわけもなかった。

退社することも真剣に考えた。だが、必ず呼び戻すから二年だけ辛抱してくれ、と上司は私の説得に躍起となった。入社したときに、いつでも辞める覚悟を胸に秘めていたこの私も、長い勤め人生活のなかでいつしか、恭順、という名の、まるで負け犬のような習性を身に付けていた。

最後に決め手となったのは、帰ってきたら設計部に回す、という彼の一言だった。

「なんで、ノリさんはそんなに会社にこだわるわけ？　辞めちゃえばいいじゃない。建築士になることが夢なんでしょ。会社勤めのために生まれてきたわけじゃないじゃない。夢のない人生なんて抜け殻を抱えて生きているようなものよ」

「そうだな」

リリーの言葉はまさしく正論だった。うなずいて見せるよりなかった。

だが組織を離れて失敗をした例をこれまで嫌というほど目にしてきている。まして建築設計の仕事ともなると、簡単に独立して生計が立てられるというものでもない。それはこの十二年の経験からわかりすぎるほどわかっていた。それをリリーにいってなんになるだろう。

「俺のことより、リリーはシンガーなんだろう？　なぜ歌わないんだ？　皆がリリーの歌を聴きたがっているって店の女の子がいっていたぞ」

「シンガー、ね……」リリーが酔った目を宙に漂わせた。「むかしの話よ。それにね、わたしは、それらしき舞台とそれらしきバックがつかないと歌わないの。それとも、ノリさんがそんな舞台を持ったお店をこの街にこしらえてくれる？」

「俺はしがないサラリーマンだよ。そんなお金があるわけないじゃないか」

私は笑っていった。

「べつにノリさんに、お金を出せ、といってるわけじゃないわ。そういうひとを捜せばいいじゃない」

リリーの口調は単なる戯《ざ》れ言《ごと》ではないような響きもあった。

ふしぎな娘だな、と私はおもった。

この年だから、これまでに女の何人かとはつき合ってきている。しかしリリーのようなタイプの女は初めてだった。どこか常識を逸脱し、世間のしがらみに縛られてもいない。リリーの言葉の端々から生《き》のままの姿で生きてきた彼女の姿がかいま見えた。

知りあってわずか二時間ほどしかたってはいないが、自分の気持ちが急速にリリーに傾斜してゆくのを私は感じていた。

「ノリさんは真面目すぎるのよ。一度、グレてみたら。なんなら、わたしが手伝ってあげる。きれいな花が咲いているのは、たいてい道から外れた雑草のなかよ」

「グレる、か……」

「そう、目に見えるものや頭のなかで考えられるものなんて知れている」

私はリリーのカクテルグラスに自分のグラスをぶつけた。誰もいないカウンターに、チーンという澄んだ音が響き渡った。

「グレてみるか」

そのあとで、リリーに市内の麻雀屋に連れていかれた。いま麻雀に夢中なのだという。

そこにたむろしていたのは、明らかにやくざとおもえる男、あるいは遊び人風の人種たちだった。しかしリリーは物怖《ものお》じすることなく、その男たちに混じって、いかにも愉しげに麻雀に興じていた。誘われたが私は加わらなかった。そんな彼女の姿を見ているだけで十分に愉しかったからだ。

明け方近くになって、リリーと麻雀屋を出た。表通りでタクシーを拾い、ごく自然な動作で私は彼女の横に腰を下ろしていた。

会ったその日に女と寝る。それは私にとって初めての経験だった。

「高浜というところなの」

まだ土地に不案内の私には、その高浜というところが街のどの辺りになるのやらさっぱり見当がつかなかった。

「すぐ近くがフェリー乗り場で、広島や尾道、それに別府に行く船も出て行くわ」

白々と明けてゆく朝の空気のなかで、リリーの住むマンションが高台の上に見えてきた。壁面がレンガ色の十階以上はありそうな真新しいきれいなマンションだった。

「グレちゃうんでしょ?」

チラリと時計に目を走らせた私にリリーが笑いながら、いった。

きょうが赴任の初日だった。九時には支社に顔を出さねばならない。だがリリーのその一言で、私は吹っ切れていた。

「ああ、グレる」

グレる、というよりも、なぜか私は、いまのこの機会を失うと、リリーが永遠に自分の手の届かない遠いところに行ってしまいそうな気がしたからだ。支社には適当な口実を作って連絡をいれればいい。私は、リリーのいった、グレる、という言葉の響きになかば陶酔にも似た気持ちを味わっていた。

マンションに通じる階段を上がり切った所で、リリーが遠くを見ながら指さした。

「ほら、お船が見えるでしょ」

海面が朝の薄日を反射してキラキラと輝いていた。その輝きのなかで、フェリーらしき船影が浮かんでいる。

「きれいだな」

「海はいいわ……」

「横浜にいたんだって？」

リリーが私を見つめ、ほほえんだ。

瞬間、私は自分の胸が息苦しくなるほどに締めつけられた。リリーの笑みが、さっきまで私に見せていたものとはちがって、寂しげで、いまにも消えゆきそうな笑みにおもえたからだ。

そのとき私はリリーがいまでも横浜という土地をこの上なく愛していることを確信し

た。

「高浜」という場所を住居に選んだのも、きっと「横浜」が頭にあったからだ……。それにここからのこの景色、これもきっとリリーが目にしてきた横浜と似ているのにちがいない……。

私とリリーは、どちらからともなく唇を寄せ合った。朝の澄んだ風が、私とリリーの頰をそっと撫でていった。


支社での仕事は、東京とは比較にならないほどにのんびりとしたものだった。

県庁所在地とはいえ小さな街で、そう大きな建築プロジェクトがあるわけでもない。民間の小さなビル建設、あるいはいつ実行されるかもわからない工場誘致の話を追いかけたり、時としてビルや工場の修繕工事なども営業範囲に入っている。

しかしいずれも、会社の看板で仕事を受注し、それを下請けの会社に回せばすべてが終わるという類のもので、建築設計とは程遠い内容の代物だった。

いずれ開通する本四連絡道をにらんで布石を打っておく、というのが支社長の桂木の口癖ではあったが、実際はその言葉とは裏腹に、彼の仕事への熱意は皆無といってもよかった。心のなかにあるのは、来たるべき本社への復帰だけなのだろう。

そんな支社の雰囲気は、私にはむしろ好都合なものだった。リリーと過ごす時間をふんだんにとることができたからだ。

初めての夜以来、私とリリーは時間を示し合わせては毎日のように会うようになっていた。

彼女が店を休む日には彼女の部屋で、彼女に仕事があるときはいつものバーで――。そしてふたりで夜の街にくり出した。酒と麻雀、ときには、温泉客を相手にする怪しげな賭博場に――。

小さな街――。それにこの街でも有名な高級クラブのナンバーワンホステス――。ひと月もすると、支社のなかでは私とリリーのことが噂になっていた。

しかし私は一向にかまわなかった。耳に入らぬふりをして噂は聞き流した。

リリーは、大人の肩幅ほどの大きさのジローという名の三歳になる茶色のコッカスパニエルを飼っていた。時として私が嫉妬心を抱くほどに、彼女はこの犬を可愛がっていた。

そしてジローは私とリリーの足音を聞きつけると、必ず玄関先で私たちを待ちうけ、

「ただいま」

のリリーの声でびっくりするほどの身のこなしで、鮮やかなバック転をしてみせてもくれた。

「けっこう人見知りする犬なのに、ノリさんはジローに気に入られたみたいよ」

初めてリリーの部屋に泊まったその日、すぐにジローは私にジャレついてきた。どうやら私はジローに、リリーの部屋への出入りを許されたようだった。

「本名はなんというんだい？」

「いいじゃない、名前なんて」

リリーは最初、自分の本名を私になかなか教えようとはしなかった。それは頑なともいえるほどだった。ポストにネームプレートすら出ていない。

「名前なんて、記号でしょ。リリーでなんの不都合もないじゃない……」

年齢についても同様だった。

小松原麗子、年齢は二十六。横浜生まれの浜っ子よ——。

そう教えてくれたのは、リリーの部屋で何度目かの抱擁を重ねているときのあえぎのなかでのことだった。だがそれ以上の詳しいことは、いくら尋ねても一切しゃべろうとはしなかった。

秋も深まった頃、私は緑色のワーゲンの中古車を手に入れた。

「なによ、このポンコツ」

リリーはタイヤを軽く蹴とばし、笑うばかりだった。しかしその顔の表情で、言葉とは裏腹に、彼女がいたくこの車を気に入っているのが私にはわかっていた。

休日にはその買ったばかりのワーゲンで、近郊はむろんのこと、ちょっと足を伸ばして佐田岬、それよりもっと先の高知まで——、という具合に、私たちの行動半径はこれまでよりもずっと広がっていった。

建築士にはどうしてなろうとおもったの？　ふぅ〜ん、で、それはいつごろ？　ピサの斜塔って、いつ倒れちゃうの？　ノリが一番好きな建築物ってなに？　どうやって何十階建てのビルなんて建てられるの……？

ドライブに出れば、私はリリーから、速射砲のようにいろいろな質問を浴びせかけられた。

しかしそれは私にとって苦ではなかった。むしろ彼女からいろいろと訊かれることをたのしんでさえいた。私は彼女の問いに、丁寧に、そしてわかりやすく答えてあげた。

だがリリーは相変わらず自分自身のことを一向に話そうとはしなかった。というより私には彼女が意識的にその質問をさせないような雰囲気を作っているようにおもわれた。

リリーのことでは、それ以外にもふしぎにおもうことがいくつかあった。

ひとつは、彼女の部屋だった。

リリーの部屋には、家具らしい家具がほとんど置かれていなかった。ごくありきたりの必要最小限の物しか揃えられていない。その部屋の雰囲気をかろうじて救っているのが、愛犬のジローだった。もっとも、家具類を揃えていないのが彼女の経済的理由からでないことはわかっていた。なぜならリリーは、博打事で金を使うとき、決して私には払わそうとはしなかったし、その賭ける金額も私よりもずっと大きかったからだ。リリーは裕福な家の娘なのだろう、だからこそクラブの勤めもあんなに勝手気ままに振る舞っているのだろう、私はいつしかそうおもうようになっていた。

それともうひとつ。もし本当に、かつてリリーがシンガーだったというなら、写真やレコード、あるいは音楽雑誌の類が目についてもいいはずなのだが、まったくといっていいほどにそうした匂いを感じさせる物は見当たらなかった。

「リリーはいったいどんな歌を唄っていたんだい？」

「そうね、いろいろよ……。ジャズもスタンダードも、お望みとあれば演歌もね。だって、プロ、ってそういうもんでしょ」

そう答えたきり、リリーは口を噤《つぐ》んでしまった。

「ほんとうに、プロのシンガー、だったのかい？」

私は冗談のつもりでいったのだが、リリーは、怒るというより、哀しみを顔いっぱいに漂わせていた。目には涙すら浮かべた。

「ノリは、わたしが信用できない、ということ？」

私はリリーを愛していた。彼女がシンガーだったというなら、それをただ盲目的に信じてあげればいいのだ。相手をただ信じてあげる、それが愛する者の、愛している相手に対するなによりの愛の表現ではないか。

私は恥じ、二度とリリーにその質問はしない、と固く心に誓ったのだった。

四国は温暖な地、というイメージが私にはあった。しかし、初めて迎えた冬は、想像とはまったくちがったものだった。気温は低く、街の背後の山から吹き下りてくる風は、まるで木枯らしを想わせるほどに冷たい。

その寒さのせいで風邪をひいたのだろうか、イヴの夜、リリーが熱を出して寝込んでしまった。

その日は土曜日で、夕刻前、私は仕事を早々に切り上げると、ワーゲンを転がしてリリーの部屋に駆けつけた。

リリーは青白い顔で、ベッドで横になっていた。

「微熱よ。心配ないわ。それに冬場にはいつものことなの」

額に手を当ててると、微熱どころではなかった。

「風邪じゃないかもしれない。病院に行こう」

高熱を出していながら青白い顔であることが、私を不安におとしいれた。

「ほんとうにだいじょうぶだって」

リリーはいくら私がいっても、頑として病院に行くことを拒んだ。

「そんなことより、ねえ、ノリさん。なぜ、わたしが断っていたお酒を口にするようになったか、教えてあげようか」

「なぜだい？」

私はリリーの額のタオルを取り替えながら、訊いた。

「もう一度歌を唄ってあげてもいいとおもえるようないいひとにめぐり合えるまではお預け、と決めていたから」

「それは光栄だ」

「でも自惚《うぬぼ》れないでね」

リリーが笑った。しかしその笑みはどこか寂しげだった。

「いいもの見せてあげる」

リリーが部屋の押入れを開けるよう、いった。

私はいわれるままに、押入れを開けてみた。そこには、行李《こうり》が三つ置いてあった。どの上にも「ステージ衣装」の札が貼られている。

「これは……」

「そう、わたしが唄っていたときの、舞台衣装」

リリーがベッドから半身を起こした。

「寝ていなきゃだめだ」

「だいじょうぶよ。開けてみて」

開けると、どの行李にも色鮮やかなドレスがきちんときれいに整理されてあった。

赤や青、白い透けるような薄手の物、なかにはきらびやかなスパンコールをあしらったいかにも舞台衣装というような派手な代物もある。

「嘘じゃなかったでしょ？」

リリーがふたたび笑った。

「俺は信じていたよ。でもリリーがシンガーだろうが、そうでなかろうが、そんなことは俺にはどうでもいいことなんだ」

「よくはないわ。わたしにとって、歌を唄いつづけるのは小さいころからの夢だったんだもの。ノリが建築士になるのが夢だったのとおなじにね」

「じゃ、唄いつづければいいじゃないか」

さり気なくいって、私は行李を元に戻した。

「ねえ、窓を開けてよ」

「寒いぞ。身体に悪い」

リリーの部屋は、十四階の最上階の角部屋だった。南と西に窓がある。西の窓からはフェリー乗り場を見ることができる。時々私とリリーは、その西窓から落ちてゆく夕日をながめることがあった。

リリーは私の言葉など耳に入らないとでもいうように、ベッドから起き上がり窓を自分の手で開けた。

日がまさに落ちようとしていた。真っ赤に染まった夕焼け空の下で、小さな船影がいくつか浮かんでいる。

「ねえ、ノリさん。グレるの、やめようか。もう十分堪能したでしょ？」

そういうリリーの頬は、さっきまでとはうって変わって、ピンク色になっていた。おもわず私は、夕焼けが彼女の頬に照り返しているのかとおもった。

「グレて愉しいのは、自分だけよ。周りのひとたちはちっとも愉しくない」

「グレようといったのは、リリーだよ」

私はリリーの肩を後ろから抱きしめた。身体がほてるように熱かった。

「それはね、ノリさんが、自分が捨てられたみたいな気持ちになっていたからよ。グレているひとたちは自分を捨てて、愉しんでいる。そんなひとたちの姿を見せて、ノリさんにわかってほしかったの。グレた遊びって、その場かぎりのもので、虚しいものよ。ねっ、そうだったでしょ？　わたしは、歌を唄っているときが幸せ……。だって、わたしの歌を聴いてくれているお客さんも愉しんでくれているのがわかるから。ほんとうに愉しいことって、ひとりよがりの世界に閉じ込もることじゃないのよ……」

「ああ、その通りだ」

私は抱く手に力を込めた。

「だったら、ノリさんにお願いがあるの」

「なんでもきくよ」

「ノリさんには、建築士になるという夢があるじゃない。その夢を実現させて、ぜひすばらしい建物を作ってほしいの。自分の設計した建築物でたくさんのひとたちと心を通わせることができるなんてすてきじゃない。わたしはノリさんの才能を信じている。だから決してあきらめてなんかほしくないわ」

「リリー……」私はリリーをこちらにむかせ、そっと頬を両手ではさんだ。「そうだな、リリー。きみのいうとおりだ」

彼女の目をのぞき込みながら、私はほんとうにそうおもった。

近ごろでは社に出ても虚しさを覚えることが多くなっていた。いま私がやっている仕事は、仕事のための仕事であって、私が頭のなかで考えているものとはあまりにも距離があった。それに諸々の遊びも以前ほどには愉しくはなくなっていた。

「リリー、もう一度自分の夢を実現させるためにゆっくりと考えてみる。約束するよ」

私はリリーの唇に自分の唇を寄せようとした。リリーが私の唇を白い指先で押さえた。

「だめよ、わたしはいま病気なんだから……」

「病気なんて俺が奪ってやる」

「それなら、ここにキスをして」

リリーがパジャマの首筋をめくり、そこにある小さな傷跡を私に見せた。リリーと寝るとき、彼女はいつもそこに私が唇をつけることを好んだ。それがなんの傷跡なのか、尋ねても、リリーは決して教えてはくれなかったが——。

私は傷跡にキスをしてから、いった。

「リリー、クリスマスプレゼントを俺にくれないか」

「ごめんなさい。なにも用意していないわ」

「そうじゃないんだ。俺のいうことに、イエスと答えてくれるだけでいい」

まるで私の言葉を予期しているかのように、一瞬、リリーが不安そうな表情を見せた。

「俺と結婚してくれないか。もうきみがいない生活なんて俺には考えられないんだ」

リリーの瞳からみるみるうちに涙があふれてきた。

「ありがとう、ノリさん。わたしもノリさんが好きよ、とっても愛している。でも、わたしはノリさんとは一緒になれない」

「一緒になれない？　なぜなんだ？　なぜ一緒になれないんだ？」

リリーの真意を探すように、私は涙の底をのぞき込んだ。

「いまのままでいいじゃない。それでわたしは十分幸せよ。だからお願い、もう二度と結婚の話はしないで……。もしノリさんが、いつまでもその言葉を口にするようなら、きっとわたしは、ノリさんの前から姿を消してしまう……」

リリーの目の光は、それがまぎれもなく彼女の本心であることを私に教えていた。

「わかった、もういわない。リリーがどんな事情を抱えているのかわからないが、俺はじっと黙って待っている。それだけは頭の片隅においておいておくれ」

「ありがとう……」

リリーは私に背をむけ、落ちかけた夕日をじっと見つめた。その肩が小さくしゃくりあげるように震えていた。


年が明けた一月の下旬ごろ、私はこの地に来て初めて友だちらしいつき合いができるかもしれないという男にめぐり合った。街の経済懇談会に顔を出したときに知りあった、篠原紀幸という五十をちょっと越えた男だった。

篠原と私は大学の先輩後輩という間柄もあったが、初対面で意気投合し、急速にその仲を深めた。

篠原は、この街でホテルや飲み屋、あるいはゴルフ場などという、いわばレジャー産業の類の商売を手広くやっている会社の社長だった。もともとは親が築いた会社だが、いまでは老いた父親は会長という肩書きになって現役を退き、彼がすべてを取りしきっていた。

「ここなんだがな」

三月の初めのある日、私は篠原に街の中心街の外れにあるビルに呼ばれた。五階建ての、ちょっと小洒落《こじゃれ》た外観のビルだった。

一階がゲームセンター、二階と三階が飲み屋で、その上は事務所という典型的な雑居ビルだった。経営難に陥ったビルの持ち主から買収したのだという。

「この一階をなにか別なものに作り替えようとおもっているんだが、いいアイデアはないかな。もうありきたりのものはやってもつまらない。別に儲からなくたっていいんだ」

篠原は東京で商社勤めをしたあとこの街に戻ってきていた。そのせいか、どこか都会の匂いを身に着けたあか抜けのした男だった。それだけにいまの彼を取り巻く環境に満足できないところがあるのだろう。

「儲からなくてもいい、ですか……」

一瞬私の頭のなかに、スポットライトを浴びて唄っているリリーの姿が浮かんだ。

イヴの日の病気は、たしかに風邪のようなものだったのだろう、数日もすると、リリーの熱は引きまたいつもの彼女に戻っていた。それが私をいくらかほっとさせた。もしかしたら、リリーはとんでもない病気を抱え、それが原因で私との結婚をためらっているのではないかと考えていたからだ。

しかし身体は元に戻りはしたものの、それを境にして彼女の表情から初めて私と会ったころの彩が失せていっているようにも感じられた。

そんなことないわよ、歌を忘れちゃったカナリアだからじゃない——。そのことを私が口にすると、彼女は笑って否定したが、このところ私の不安はいやが上にも増していた。

もし歌を唄う機会を得れば、リリーはまた最初に出会ったころのあの潑剌《はつらつ》とした表情に戻るのではないか——。

「ライブハウスのようなものはどうですか……」

「ライブハウス？」

おうむ返しにいい、篠原が苦笑にも似た笑みを浮かべた。

「リリーに唄わせようとでもいうのか？」

篠原には私とリリーのことは話してあった。もっとも、私が教える前に、彼はすでにその噂を耳にしていたとのことだった。なにしろリリーはこの街の夜の世界ではちょっとした有名人なのだ。

「いや、そういうわけではありませんが」

私は自分が出した唐突なアイデアにいささか照れた。

「しかし、意外とおもしろいかもしれんな。ひとつぐらい道楽商売でも持っていないと、この街は退屈でいかん。それにうちは商売柄、芸能プロダクションにもツテがあるしな」

篠原が首を傾《かし》げ、満更でもないような表情を浮かべた。

「どのくらいでできるもんかね？」

「まあ、その気になれば、二か月もあれば十分でしょう」

ビルを建て替えるというわけではない。少々内装にテコ入れをすればすみそうだ。問題は音響関係だけだろう。

「でも、自分で言い出しておいてなんですが、到底採算が合うとはおもえません」

「なに、会社の宣伝費とおもえばいい。それに、一、二年やってみて、どうしてもだめだったらまた考えればいい。リリーのオンステージなんて意外と人気がでるかもしれんぞ。もっとも俺は彼女の歌を聴いたことはないがな。しかし、法月、もしそういうことになったら、言いだしっぺのおまえがすべて自分の手で設計するんだぜ」

篠原が屈託のない笑いを浮かべ、来年の春ぐらいを目途《めど》に一度真剣に考えてみる、と冗談ともとれぬ口調でいってその話を締めくくった。

その一件を私はリリーには話さなかった。まだ先が長いし、いつ篠原の気持ちが変わるかもわからない。彼女には、その話が現実的な形となったときに初めて教えてやればいいことだった。

四月の声を聞き、温かい春風が吹きはじめると、リリーの顔の血色が急速に良くなってきた。会話を交わす声にも明らかに、張りがある。

桂木が東京に戻り、大阪から来た新任の支社長、遠山と馬が合わずにうっとうしい日々を送っていた私にとっては、彼女のその変化がなによりうれしく気の休まるものだった。

そのころの私は、自分の家にはほとんど帰らず、リリーと半同棲のような生活を送っていた。彼女も店に出ることはほとんどなくなり、私たちの夜遊びも嘘のようになくなっていた。私は彼女の部屋に、建築関係の書籍や設計用具を運び込み、まるで学生時代をおもい出すような勉強に明け暮れていた。そうした日々は、私にとってこの上もなく甘美な充実した時間だった。私はその生活に、この街に来て初めてといっていいほどの満足感を覚えていた。

建築士になる夢を実現させて――。夢のない人生なんて抜け殻を抱えて生きているようなものよ――。たぶんリリーのその言葉がなければ、私は鬱屈だけを抱えて、日々のんべんだらりとしたサラリーマン生活を送っていたにちがいない。

リリーには教えていなかったが、私は仕事の区切りとなる来春に会社を辞めて彼女を連れて東京に戻るつもりだった。そしてどこかの建築設計事務所に再就職して建築士を目指す決心を固めていた。

五月のある日、ふたたびリリーが寝込んだ。高熱を出し、その症状はイヴに見せたときのものとまったく同じだった。だが、リリーは今度も頑なに病院にゆくことを拒んだ。歌を忘れたカナリアの持病だといったでしょ——。彼女がいった通り、数日後には確かに元の身体に戻りはしたが、私の不安は以前にも増して大きいものとなっていた。

日々の仕事に追われライブハウスの一件が私の頭から消えかかったころ、篠原に酒に誘われた。

「やってみようとおもう」

彼がいった。

あれこれ企画が出たが、どれもつまらないものばかりで、やはりライブハウスがおもしろそうだという。

「後悔しませんか」

「失う、っていったところで、せいぜい金ぐらいのもんだろう」彼は笑って私の肩をたたいた。「そうと決まりゃ、善は急げだ。なにしろ俺はあのゲームセンター、ってやつが嫌いでな。早くあいつを抹殺しなきゃ気がすまん。オープンはまだ先としても、とりあえずハウスの箱だけは造っちまおうじゃないか。早速、取りかかってくれ」

秋口の九月までには完成させてほしい、と篠原は真顔でいった。

その翌日、私は支社長の遠山に篠原の意向を報告した。篠原は街では有力者として名が通っている。私を好いてはいない遠山ではあったが、彼からの名指しでは渋々ながらもうなずかざるを得なかった。

会社からのお墨付きを得た私は、やりかけていた仕事を他の社員に引き継ぎ、ライブハウスの設計に専念することとなった。

東京や大阪に何度かでかけては、名のあるライブハウスのステージを見て回り、その一方で音楽雑誌などを取り寄せてはその方面の勉強にも精を出した。なにしろ、そんな類の仕事をこれまでに一度も手がけたことがないのだ。

リリーに歌を唄わせたい――。きっとそれでリリーの身体も元気になるにちがいない――。その想いが図面を引く私を奮い立たせ、自分でも納得のできる出来栄えの作品に仕上がってゆく。

「ライブハウスができるんですって」

すでに街では噂になっているらしい。特に夜の世界ではその手の話の伝わるのが早い。

「本当なの？」

リリーはその話をクラブに勤めていたころの友人に聞いたらしい。彼女の問いに、それを設計しているのが他ならぬ自分であることは伏せ、私は知らぬふりを押し通した。

八月の猛暑が終わり、なんとなく秋の訪れを感じさせるような風が吹きはじめた九月の中ごろ、ライブハウスは完成した。あとは音響効果のテストを残すところにまでこぎ着けている。

「見せたいもんがあるんだ」

その日、私はリリーを連れて夜の街に出かけた。十日ほど前に熱を出していた彼女は、ふたたび元気を取り戻していた。

レストランで食事をしたあと、私はリリーをライブハウスのあるビルに連れていった。どんな顔をするだろう——。私はリリーの驚く顔を想像して、胸躍らせていた。

「ここ、ライブハウスができる、というビルでしょう?」

ビルの鍵を持っている私を、リリーがふしぎそうな顔で見つめている。

私は黙ってフロアの電源を入れた。明かりのなかに、まだ建材の匂いの漂う真新しいステージが浮かび上がった。

リリーが目を見張って立ちつくしている。

「これ、俺が設計したんだ」

「……ノリさんが?」

瞬間、リリーがふしぎそうな顔をして私を見た。

「ああ、歌を忘れたカナリアに歌を思い出してもらおうとおもってね。そうすれば元気をとりもどすんじゃないかと——。なにしろ俺は、リリーがステージに立っている姿を一度でいいから見てみたいんだ。それを想像しながら設計してみた」

リリーの目に、みるみるうちに涙が浮かんだ。

「あのステージの上に立ってごらん。きっと似合うよ」

私はハウスの明かりを落とし、照明室に入っていった。

ゆっくりとした足取りで、ステージに昇り、リリーがその中央に立った。そのしぐさは、いかにも自然で、彼女がかつてシンガーだったことを十分にうなずかせるものだった。

私はピンスポットをリリーに当てた。

薄いブルー、イエロー、レッド、次々に照明の色を取り替え、最後に淡いピンクで照明を固定してから、私は客席に座った。

リリーがなにかの歌をハミングしたように見えた。私は慌ててパチパチと拍手した。しかしリリーは唄わなかった。黙ってステージを下りてくる。頰には涙が伝わっていた。

「ノリさん、ごめんね」

「……いいんだよ。無理に唄わなくたって。だって、リリーはそれなりのバックがつかなければ唄わない、っていってたじゃないか」

私は彼女の肩をそっと抱いた。

その二日後、用事がある、とだけ告げ、ジローの世話を私に託すと、リリーは行く先もいわずにどこかに出かけた。三、四日で戻ってくるという。

一瞬私は、このままリリーが帰って来ないのではないか、という不安におそわれた。しかしそんなことがあるはずがない。こよなく可愛がっているジローを彼女が置き去りにするわけがなかった。

リリーが帰って来たのは、それから一週間後のことだった。顔には、疲れとも焦燥ともとれる表情を滲ませていた。そしてどこか寂しげだった。

「このまま、帰ってこないかとおもったよ」

「ばかね、そんなこと……」

リリーが笑った。

帰って来ないかもしれないという心配が消えたことと愛しさとで、私はリリーを力一杯抱きしめた。

食事のあと、フェリー乗り場に行きたい、とリリーがいった。私はゆっくりとフェリー乗り場にワーゲンを走らせた。

船便のない岸壁はひとの影もなく静まり返っていた。

ワーゲンを駐め、私はリリーと肩を並べて桟橋の周辺を散歩した。

あと数日で十月になる海からの風はもう冷たかった。遠くの海に点《とも》る小島の明かりもどこか寒そうに揺れている。

「ノリさん、そこに座って」

リリーが岸壁の横のコンクリートブロックを指さした。私はリリーのいうがままに腰を下ろした。

「スゥイング、スゥイング、スゥイング、スゥイン……」リリーが指を鳴らし、突然唄い出した。私も何度か聴いたことのあるジャズのスタンダードナンバーだった。「ロッティ、ロゥ、オゥ、オゥ……」

リリーの歌声が、静まり返った岸壁に流れた。身体をひねり、時々軽くステップを踏み、リリーが唄いつづける。

初めて耳にするリリーの歌声は、かすれてはいるが、とても妖しげで、魅力的なものだった。

「すごい、リリー、すばらしいよ」

彼女が唄い終わったあと、私はおもいきり拍手をした。

「ありがとう。こんなのも唄えるのよ」

そういって、リリーが次の歌を唄いはじめた。

長い旅路の航海終えて、船が港に泊る夜……。

ひばりの「港町十三番地」だった。

静かな岸壁での星空の下で分かち合うふたりだけのコンサート。たったひとりのシンガーとたったひとりの観衆。いまリリーは間違いなく私のために唄ってくれていた。

それから数曲、途切れることなく、リリーは唄いつづけた。そしてなにか次の曲をまた唄おうとしたとき、突然リリーが身体を折り曲げた。

「どうしたんだ」

私は慌てて、リリーの身体を抱え起こした。顔色が蒼白で唇も白く乾いている。

「なんでもないの。ちょっとめまいがしただけよ。心配しないで」

リリーの言葉は耳に入らなかった。抱いた彼女の身体は火のように熱かった。私はリリーを横抱きにワーゲンにむかってよろける足を運んだ。

3

東海道線で横浜まで出てから、京浜東北線に乗り換えた。

八時前だった。小松原との約束の九時までまだだいぶ時間がある。ちょっと考えたあと、私は関内で下車し、タクシーに乗って山下公園にむかった。

海からの風はもう十分に冷たかった。しかしデートコースとして有名なこの公園のあちこちには、多くのカップルが肩を寄せ合っていた。

港の沖合いにはいくつかのタンカーの巨大な船影と、まるでその子供かとおもえるような小さな船とが何艘も停泊していた。それらの船から放たれる明かりや遠くのベイブリッジの光が海面に反射してまばゆいばかりに光り輝いている。

横浜の夜は、リリーが唄っていたという元町のクラブをのぞいた、あの十五年前の夜以来だった。

意図的に横浜を避けていたというわけではない。仕事の用もなかったし、リリーと別れてから恋愛らしき恋愛の経験がほとんどなかった私にとって、この港町の夜景に縁がなかったというに過ぎない。

海っぺりに立つと、白い飛沫《しぶき》が岸壁を洗っていた。暗く漂う海を私はじっと見つめた。

私の胸にはある予感が芽ばえていた。たぶんそうなのだ……。それでなければ、ジローの死だけで、あえて小松原が速達などよこすわけがない……。

私はすぐそばにあったベンチに腰を下ろしてたばこに火をつけた。その脇を、腰に手を回しあった若いカップルが通り過ぎた。

フェリー乗り場の岸壁でリリーが唄ってくれたあの夜の記憶が私の脳裏に甦ってきた。そして、その一週間後に小松原が私を訪ねて来た日の出来事が――。

支社にいる私に電話があったのは、昼食をとって席に着いたときだった。

「私が法月ですが」

電話の主は、小松原、と名乗った。

私はその瞬間、リリーの父親だとおもった。リリーと同じ姓でしかも電話の声は、五十を優に越えた、年取ったものだったからだ。

「ぜひ、お会いしたいのですが……」

用件は口にせず、小松原はいきなりいった。しかし、口ぶりは丁寧で、優しい響きを持っていた。松山の市内にいるという。

「わかりました。三十分後ということではいかがでしょうか?」

「けっこうです」

私はこの街で一番大きなシティホテルの名を告げ、そこのロビーでお会いしましょう、といった。

「私の特徴は――」

「麗子からあなたのお話はうかがっていますから」

さり気なくいって、小松原が電話を切った。

私はやりかけの仕事を手早く片付け、急いで外出の支度にとりかかった。

ロビーに着くと、私は小松原らしき人物を求めて視線を泳がせた。

「法月さんですね?」

肩をたたかれて振り返ると、白髪の六十に近いとおもわれる男が立っていた。

「小松原さん、ですか」

男が口元に笑みを浮かべ、うなずいた。物腰は柔らかで、笑みには品が漂っており、年齢以上の素養を感じさせる。

私たちはロビーの一角にある椅子に腰を下ろした。

「とつぜんで、ご迷惑じゃありませんでしたか？　お仕事はお忙しいのでしょう？」

「いえ、地方支社など、遊んでいるようなものです」

私はあらためて挨拶をし、名刺を差し出した。小松原も名刺入れから、自分のものを取り出した。

小松原医院院長、医学博士、小松原実、とある。住所は、横浜の元町だった。

「リリーの――、いえ、麗子さんのお父様ですか？」

私は名刺と小松原を交互に見比べながら訊いた。

「まあ、そうおもわれて当然でしょうね。じつは、麗子の夫です」

私はおもわず絶句した。「麗子さんの、ご主人……」

小松原が優しい笑みをたたえてうなずいた。

「驚かれたでしょう。でも、誤解しないでいただきたいのですが、きょうお訪ねしたのは、あなたと麗子との関係、つまり俗にいう、女房の浮気などという、そういう下世話なことについてお尋ねするためではありません」

私は小松原の言葉を遠くから聞こえる声のように耳にしていた。

リリーが結婚していた……。リリーには夫がいた……。

小松原がいった、下世話なうんぬんということよりも、私はリリーが結婚していたという事実に衝撃を受けていた。だからリリーは私との結婚にうなずいてはくれなかったのだ。

私の動揺が収まるのを待つように、小松原がゆっくりと口を開いた。

「二週間ほど前、麗子が家に帰ってきましてね。そのときに、あなたのことをいろいろと聞かされましたよ。麗子はそれはそれは、幸せそうな顔をしていました」

小松原の口ぶりは、まるで自分の娘から愛する男ができたと打ち明けられたときの父親のようだった。

気持ちの混乱を整理できぬまま、私は小松原の顔をじっと見つめた。

「麗子があなたを愛しているのは、よくわかりました。あれがあんなにうれしそうな表情を見せたのは久しぶりのことです。私もほんとうにうれしかった。しかしあなたをお訪ねすべきかどうかについてはずいぶんと悩みました。でも麗子が話してくれた法月さんがもしその通りのお方でしたら、だいじょうぶだろう、と……。あなたを拝見して、安心しました。あなたは、私が想像した通りのおひとだった」

そういって小松原が、ふたたび笑った。

「おそれいります。しかし、私はいったいなにをどうお話しすればいいものか……」

「なにもお話しになる必要はありませんよ。というより、私は、あなたに私の話を聞いてほしかったから来たようなものなのです」

小松原がひとつ短い咳払いをしてからつづけた。

「私と麗子が夫婦であることはお話ししました。しかしそれは戸籍上のことであって、世間でいう夫婦の関係とはちょっと異なるのです」

緊張で、私の身体はこわばっていた。

「じつは、私は幼少のころの病気がもとで、男としての機能を失っています。男でいながら男ではない。これはなかなかつらいものです」

「……」

「いえ、深刻に受け取らないでください。私と麗子との間では、それはさしたる問題ではないのですから」

小松原が屈託なくいった。

「では、どうして結婚を？」

「それが、彼女のたっての願いだったからです……」

視線を宙に浮かし、おもい出すような口調で小松原が麗子とのいきさつを話しはじめた。

小松原は横浜の元町で親から引き継いだ大きな個人病院を経営していた。両親はすでに他界し、一人っ子でしかも子種のなかった小松原は結婚もしなかった。それがために、彼が所有する資産の行方をめぐって親戚縁者の間での醜い諍《いさか》いが絶えないようになった。嫌気がさした小松原は、彼らと縁を絶ち、死後にはその遺産のすべてを横浜市に寄贈する段取りにしているらしい。

そんな小松原にとって唯一心を休められるひとときは、小さなころから親しんできたジャズの生演奏を、元町界隈の店で聴きながら過ごす時間だった。

「スウィング」という名のクラブはそうした店のひとつだった。そしてある日、そこの専属歌手としてデビューしたのが麗子だった。

小松原は麗子の歌声に心動かされた。それは小松原だけではなかった。それからは誰もが麗子の歌を目当てに店に通うようになった。「浜のリリー」。いつしか麗子はその呼び名で、客の誰にも愛される存在になった。

毎日通いつづけた小松原と麗子はいつしか親しくなり、彼女の仕事のない日、あるいは仕事が終わったあとなどに、ふたりしていろいろな店をのぞいたりもした。

レコード会社が麗子に目をつけたとき、彼はそれに要するすべての援助を麗子に申し出た。

「麗子の歌は、いままでに私が聴いた日本の歌い手のなかでは一番のものでした……」

まるでリリーの歌声をいま耳元で聴いているかのように、小松原が目を細めた。「私はおもいましたよ。この麗子の歌を、こんな小さな街のこんな小さなクラブにだけ閉じ込めておいてはならない。麗子の歌声をぜひみんなに聴いてほしい。こんなに愉しそうに歌を唄う麗子と一緒に、みんなも幸せな気持ちにひたってほしい、心底私はそうおもって、援助を申し出たのです。ほかの余計なことは、それこそなにひとつとして考えてはいなかった。ですから結婚を麗子が口にしたとき、驚いて、私は彼女に、自分が男性としては不完全な男であることを正直に打ち明けました。しかし、麗子はひと言、関係ない、といって、もし私が援助してくれるというのなら、結婚が条件だといいはるのです……。たぶんいろいろと話しているうちに、私の境遇に同情したからでしょう、麗子はそういう女なのです」

「わかります」

私はうなずいた。この約一年のリリーとの生活で、私にも彼女のそういう性格は十分に理解ができることだった。

「しかし、レコードデビューするという話はある出来事で終わってしまいました」

「どんな……？」

「突然、声が出なくなったのです」

「声が出なくなった？」

そんな――。私は先日フェリー乗り場で唄ってくれたリリーの姿をおもい浮かべた。ちゃんと声が出たどころか、その歌声は妖しいまでに魅力的だったではないか。

「ええ、原因不明の奇病でしたね。私も必死になって診療したのですが、原因はわかりませんでした。普段はなんともないのですが、マイクの前に立つと突然声が出なくなるのです」

そんな状態が半年ほどつづき、レコード会社との契約が解除されたという。

「ふしぎなもので、そのあとに、ふたたび唄えるようになったのです」

「では、もう一度、とは考えなかったのですか？」

「ところが、今度は、唄っている最中に突然歌詞を忘れる、という、これまた理解しがたい状態に陥るのです。あるいは緊張がそうさせたのか、ともおもいました。しかし麗子は店ではひとを前にしてちゃんと唄っていましたからね。どうにも私の手には負えないということで、ツテのあるいろいろな大学病院にも行かせたのですが」

「けっきょく、だめだった……？」

「そうです」

小松原がうなずいた。

では、リリーの喉元にある、あの小さな傷跡はそのときの検査かなにかでできた傷ということなのだろうか。時々、リリーが発熱するあの症状は、そうした諸々に起因したものなのだろうか。しかし私はそれを訊けなかった。ここまで聞けば、唄えなくなった麗子の心中は十分に理解できる。あえてそれを尋ねるまでのこともなかった。

「その原因がこの私にもあるのではないか、と真剣に悩みましたよ。私は麗子に、しばらく横浜を離れていろいろな所に旅してみてはどうか、とすすめました」

それでリリーは横浜を離れてこの街にやってきたのか——。私は小松原にたばこを吸ってもいいか、と尋ねてから火をつけた。

「二回り以上もちがう麗子を、理由はどうあれ私は縛ってしまった。彼女にはもう一度、人生をやり直す権利があるのです。ですから、あなたのお話を耳にしたときは本当に私はうれしかった。しかし——」

小松原が一瞬、言い淀んだ。

「しかし、なんです？」

「じつは、先日、麗子が帰ってきたのは、この街にライブハウスができる、だからもう一度そこで唄いたい、と私に相談するためでした」

確かめるような目で、小松原が私を見た。

「そうです。もうハウス自体はでき上がっています。幕開けは、来春になるとおもいますが。でも、先日、リリー、いや麗子さんが初めて私の前で唄ってくれましたが、すばらしい歌声でした。もうだいじょうぶなのではないですか？」

「いえ、だめですね。同じことを、もうすでに一度やっているのです」

「といいますと？」

「横浜を出て、最初に腰を落ち着けたのが神戸でした。やはり麗子に唄わせようというひとが現れた。そのひとは、麗子のためにお店の大改造まで行いました。結果は悲惨なものでした。もう麗子にあの哀しみを味わわせたくないのです。麗子はどうしても、彼女が立派に唄えていたときのことが忘れられないのです。これから先、麗子がステージに立つということは、彼女のあの輝かしい日々に泥を塗ってしまうという意味しかないのです」

そういうと、小松原が懐から、小さな封筒を取り出した。そしてなかから小切手を抜き取り、私の前に置いた。

「そのライブハウスは、法月さんが設計なさったとか」

私はうなずいた。

「もし麗子のことをイメージなさって、彼女にそのライブハウスで唄わせたいがためだとしたら、どうかこれを受け取ってください。せめてもの私の気持ちです。それでどうか、麗子に唄わせるという夢はあきらめてもらえないでしょうか」

私は小切手を手に取って見た。額面は一千万だった。

「これを受け取る理由が私にはありません。だいいち、そのライブハウスは私の持ち物ですらありません。ただ設計しただけですから」

「では、その持ち主に手渡していただけませんか？」

「お断りします」

篠原が受け取るわけがなかった。それに、リリーのことは彼には関係がない。私は小切手を小松原のほうに返し、訊いた。「前にも一度といわれましたが——やはりこのような？」

小松原から返ってきたのは、口元の柔和な笑みだけだった。

会社に辞表を出し、私が東京に戻ってきたのは、その一か月後のことだった。


小松原医院はすぐにわかった。

古びてはいるが、広い敷地に建つ立派な医院だった。病床も二十や三十は備えられているだろう。

医院の明かりはすでに消え、その裏につづく住居の方に私は足をむけた。

そのとき、ふと私の鼻先に、覚えのある香りが漂ってきた。事務所の隣家の庭の、あの金木犀の香りだった。

見ると、玄関のむこうに、金木犀が橙色の花を咲かせていた。

その花を目にしたとき、胸が早鐘のように打ち鳴らされた。

それが来る間中私の頭から離れなかったある予感からくるものであることを私は知っていた。

ブザーを押すと、すぐに玄関に明かりがついた。

「どうぞ」

さっきの電話と同じ声がした。

扉をあけると、明かりのなかに人影が浮かんだ。胸がさらに高鳴った。

しかし顔を出したのはやはりリリーではなかった。老いてはいたが、はっきりと記憶にある、和服姿のあの小松原の顔だった。

「ごぶさたしております」

私は頭を下げた。

「電話の声よりも、もっとお元気そうですね。安心しました」

量こそ少なくはなっていたが、小松原の頭にはまだ十分な白髪が波打っていた。しかもその姿は背筋をピンと伸ばし、矍鑠《かくしやく》としている。

案内されて、応接間に通された。それでもリリーは姿を見せなかった。

「あいにく、お手伝いは八時までなのです。もてなしができなくてすみません」

私は自分の抱いていた不安が間違っていなかったことを確信した。その確信が、あれほど激しく高鳴っていた胸の鼓動を一気に鎮め、代わりに、私の胸のなかに大きなぽっかりとした穴を開けていた。

小松原は茶菓子とお茶を運んで来て、私の前に置くといった。

「ご活躍ですね。先日もある雑誌で、法月さんのお顔は拝見しましたよ」

「おそれいります」

たぶん、仙台に建てた美術館のことをいっているのだろう。その建築物は各方面で絶賛を浴び、雑誌にもいろいろと紹介されている。

ひとくちお茶で舌を湿らせてから、私はおもいきって、尋ねた。

「麗子さんは……？」

小松原がうなずいたようだった。少し間を置いてから、彼が口を開いた。

「そのことも合わせてお話ししようと、お手紙を差し上げたのです。麗子は死にました」

瞬間、私は耳を覆いたくなった。

不安が確信に変わるのを何度も拒否してきた。しかし金木犀の香りをかいだとき、その拒否が無駄であることも覚悟はしていた。だがその事実を直接耳にするのとでは、まったく意味合いがちがう。

「そうですか……」

私は自分を納得させるかのように、つぶやいた。

しばらく小松原は黙っていた。たぶん私の気持ちをおもんぱかってのことだろう。

「いつのことですか？」

小松原の目を見つめながら、私は訊いた。

「あなたとお会いした、あのひと月後です」

「ひと月後？」

私はおもわず訊き返した。

「はい。この元町で息を引き取りました。危篤のとき、何度かあなたに連絡を入れようとしましたが、それを押し止めたのは、麗子でした。立派な建築士になったときに、ノリさんに教えてくれ、と……」

私は胸が詰まるおもいだった。リリーにめぐり合っていなかったら、たぶんいまの私はないだろう。夢のない人生なんて抜け殻——、その言葉をおもい出したとき、私は初めて自分の視界が曇ったのを感じた。

小松原はしばらくのあいだ、そんな私をそっとしておいてくれた。

「死因は、なんだったんでしょう？」

「ガンでした」

「ガン？」

「はい。そのことについては、私はあなたに謝らねばなりません。あの日、私があなたに聞かせた麗子についての話は、すべて作り話です。あのとき、すでに麗子は末期ガンに冒されていたのです」

「それを彼女は？」

「すべて知っていました。しかし麗子からは、決してあなたに教えてはならない、と固く口止めをされていたのです」

「では歌を唄ってはいけないというのは、そのガンが……」

「そうです。咽喉ガンでした。あのときはもう麗子の喉は唄えるような状態ではなかったのです。しかしそれをあなたにいうわけにはいかず、やむを得ず、嘘をつかせていただきました。どうか許してください」

そういうと、小松原が深々と頭を下げた。

やはりそうだったのだ。やはりあの喉の傷跡、あれは手術の痕跡だったのだ。それについては私も何度か考えることはあった。しかしその都度、必死のおもいでそれを打ち消していたのだ。

ぽっかりと穴の開いた私の胸に、まるでそれを埋めつくすかのような哀しみがあふれてきた。

哀しみは時間が癒す、というのは本当だろうか。いま頭を下げている小松原の姿からは、いまもリリーの影を負っているように私の目には映った。

「麗子があなたに歌をお聴かせした――。たぶん、そのときの麗子は必死で最後の力をふりしぼっていたのでしょう。きっとなにかをあなたに伝えたかったにちがいありません」

なにをリリーが伝えたかったのか、私は知っていた。知っているからこそ、私はリリーの死を耳にすることができたのだ。

小松原がいった。

「むこうに、麗子の仏壇があります。焼香でもしてやってくれますか」

「むろんです。彼女には報告したいことがあります」

うなずくと、小松原が腰をあげた。

二十畳はありそうな立派な和室だった。その奥にリリーの、そして隣には、三日前に死んだばかりだというジローの、真新しい敷布が敷かれた仏壇が置いてあった。

私は正座して、線香に火をつけ、そっと手を合わせた。仏壇のなかに、在りし日の笑顔を浮べたリリーの写真が飾ってある。その笑顔は私になにかを語りかけているようだった。

写真を見つめている私の背後から小松原がいった。

「お連れしたいと申し上げた場所に行ってみましょうか」

「わかりました」

私は振り返り、彼にうなずいた。

ジローの仏壇にも線香を供えたあと、私と小松原は一緒に連れだって家を出た。

「金木犀のいい香りがしますね」

私は玄関先で、小松原にいった。

「ええ、麗子が好きな花でしたよ」

坂道を下り、少し歩いた。やはりあのクラブにむかうようだった。私はなにもいわずに、小松原と肩を並べながら歩きつづけた。

元町から海沿いにむかった一角、背後に森がある場所に薄明かりが点っている。「クラブ・スウィング」だった。

その薄明かりが、風で一瞬揺れたかのように私は感じた。

「あの建物、あそこで麗子は唄っていたのです」

小松原が懐かしむように、いった。

そのとき私は、彼は私がかつてここに訪ねてきたことがあるのをすでに知っているような気がした。

「しかし、この二、三日中には取り壊しがはじまるでしょう」

「取り壊し？」

「はい。私がそう命じたからです。三年前、売りに出ていたのを、居抜きで買って営業させていました。むろんいまではお客など入りませんで、赤字ですけどね」小松原が私を見、そして笑った。「しかし、ジローが生きているうちは、あの灯を消すつもりはまったくありませんでした」

「そうですか……」

小松原に会ったとき、リリーを本当に愛し、必要としている人間が誰であるのかを私は知った。だからこそ小松原に会ったあの日を最後に、私はリリーに会いにゆくことをやめたのだ。

そんな私に、リリーはなにもいっては来なかった。それを私は、そういう私の気持ちがきっとリリーに通じていたからだ、と長いこと信じてきた。そしていま、私はそれが間違いではなかったのを確信した。

「小松原さん。ひとつ訊いてもいいですか？」

私は薄明かりの建物を見つめながら、いった。

「なんでも」

「どうして、リリーを旅に出してしまったのですか？　彼女にとって、こんなに似合う場所は他にはなかったでしょうに……。もしリリーがここにずっといつづけていたら、彼女はもっともっと長生きできていたかもしれない」

「そうでしょうか。歌を唄えなくなったことを知ったとき、麗子は、ずっとここのみんなに愛されつづける道を考えたのだとおもう。そして選択したのが、黙ってこの地を去ることだったのではないでしょうか。そうすれば、ここにはかつて、誰からも愛された『浜のリリー』という、歌の上手な娘がいたという話が語り継がれる――」

「そうかもしれませんね」私はうなずいた。「じつは小松原さん、私は、リリー、麗子さんというひとについて、ほとんどといっていいほどになにも知らないのです」

「いいじゃないですか。この私でさえ、麗子について知っているのは、歌が上手な、心の優しい女だったということだけなんですから。私たちにとって、それ以外になにが必要でしょうか」

小松原の口調はどこかうれし気だった。

そのとき盗み見るようにむけた私の目に、彼の横顔にしのび寄っているある影が映っていた。そういうことか……。

「スウィング、スウィング、スウィング、スウィン……」

私は口ずさんだ。

横から小松原が小声で私の歌声に合わせてきた。

「ロッティ、ロゥ、オゥ、オゥ……」

風が私と小松原の歌声を「クラブ・スウィング」のほうに運んでいるように私にはおもえた。

星が降る

1

角を曲がると、全面ガラス張りになっている二階の窓際に赤と黄の派手なアロハシャツ姿が見えた。

喫茶店のドアを押すと、気持ちの良い店内のエアコンの冷気が能登宏の全身を包み込んだ。

月が替わって七月になったばかりだが、外は初夏というよりすでに真夏をおもわせるほどに暑い。予報ではエルニーニョ現象と伝えている。

生き返った心地で一息ついてから、能登はゆっくりと階段を上がった。

「いやぁ、暑いっスねぇ」

中腰に構えた安井がなれなれしい口調でいった。

趣味の悪さが滲《にじ》み出ている極彩色のアロハシャツは、そのまま安井の品性をむき出しにしていて、それはそれで似合っているというべきだろう。

いかにもというそのナリと語調に、ひとつ隔てた席にいるカップルが怯えたような視線を能登と安井にむける。

安井とこんな場所で会うことには躊躇《ためら》いがあったが、かといって店に来られるというのは金輪際御免だった。毎週月曜日の午後三時にここで精算するというのが、いつの間にか暗黙の了解事項になっている。

「六十五、だったな」

封筒を安井の前に放るように置いた。

「スンマセン。じゃ、一応念のため」

キツネをおもわせる目で能登を見、すぐに安井が封筒のなかの金を引っ張り出す。数える指先がぎこちない。

「しかし、能登さんはいつもピッカピカの新札ですねぇ。ゲンでも担いんでんスか?」

札から目を離しチラリと上目遣いで見つめてきた安井を無視して、能登はウエートレスにアイスコーヒーを頼んだ。

たったいま銀行から下ろしてきたばかりの金だ。キャッシュカードは使わない。新札で揃えてもらうためだ。

ノミ屋に払う金などヨレヨレの旧札がお似合いだろうが、新札で払ってやるというのは安井の組に注文を入れたときから決めていたことだ。むろん相手をおもんぱかってのことではない。くだらないとはおもうが、少なくとも自分がこいつらとは同じ人種ではないということを無言で示す、能登流の矜持《きょうじ》といえた。

吸いつくようにピッタリとくっついた二枚の札に苛立ちを見せ、安井が指先に唾液を湿らせてからふたたび数えはじめる。

こっちによこせ、といいたくなる衝動を能登はかろうじて抑え込んだ。

新札の数え方は、片方の端を固定して扇状に開く要領でやればいいのだ。もう二十年も前の、入行早々に教え込まれたときの光景が頭に浮かび、能登の胸に一瞬苦いおもいが広がった。

運ばれたアイスコーヒーに口をつけたとき、安井が目をむけた。

「たしかに、六十五万受け取りました」

札を封筒に戻し、安井が飲み残しのコーラを一気に口に含む。

「じゃ、いつものを……」

言い終わらぬうちに、心得顔で、安井がメモとボールペンを取り出す。

〈六十五万ナリ、確かに返済してもらいました。七月二日　安井紀夫〉

ミミズが這ったような文字を確かめてから能登はメモをポケットにしまい込んだ。

ノミ屋とのやりとりにメモの類を残すのは厳禁だ。挙げられたときに動かぬ証拠となるからだ。しかし、要求した。信用取引なんです、などということばを信じてはいない。客が負ければ猫なで声を出すが、しょせんやくざだ。まだ金を受け取っていない、といついちゃもんをつけられるかわかったものではない。まして安井のようなこんな顔を目の当たりにすれば、信用しろ、というほうが土台無理というものだ。結局安井の兄貴分で、ノミのシノギの責任者をしている服部が条件を出して応じた。文面は、受け取りました、ではなく、返済してもらいました、でいいか——。金銭の貸借があったことにしたいのだろう。それだけの手間をかけても服部が応じたのは、能登の勝負する金額が大きくて魅力があったからに決まっている。

「じゃ、自分はこれで」

チンピラやくざが得意になって使う、自分、という物言いに力を込めて、安井が腰を浮かせる。次の集金があるのだろう。

テーブルの伝票をつかもうとした安井の手を押さえた。

「いつも通り、割り勘だ」

最初に会ったときから、コーヒーの一杯も安井に奢らせることはさせなかった。

「一度ぐらい、いいじゃないっスか」

媚びるような言い方だが、見つめてくる目に正体を表す険しい光がある。バカにされているとでもおもったのだろう。

肩をすくめ、安井が放るように千円札を一枚テーブルに置いて階段を慌ただしげに下りていった。ポケットからメモを取り出し、たばこに火をつけた。

勝負するようになってから二カ月半。これでメモはすでに八枚になった。勝ったときもあるが、総計ではすでに四百万からの負け越しになっている。

これでいい……。これまでのは、服部や安井の信用をつけるための撒き餌みたいなものだ。勝負は、一カ月後に迫った全日本選抜競輪……。弘が根こそぎやられた金は、きっちり耳を揃えて返してもらう。

路地を曲がるアロハシャツ姿の背をガラス越しに見つめながら、能登はたばこの火をもみ消した。

入ってくるなり、美希が目を見張った。

「どうしたんですか？　マスター」

ネクタイ姿を美希に見せるのは初めてのことだった。というより、店を営業《や》りはじめてからネクタイなどしたこともない。普段は決まったように、薄いブルーか白のシャツという姿だった。

これからはネクタイとは無縁の人生、そう割り切ってからほぼ三年が経つ。もう二度とこんな姿をすることもないとおもっていたが、ネクタイ姿で待っていてくれ、と片平がいう以上しかたがなかった。

「でもとても似合っているわ。いつもそうしてたらどうですか」

カウンターのなかに入ってきた美希にちょっと照れた笑みを返し、能登はCDのスイッチを入れた。美希が買ってきた彼女のお気に入りの黒人ボーカリストの曲だ。音量を少し下げる。

八時十分前だった。店のオープンは七時半だが、八時前に客が顔を見せることは滅多にない。

「きょうは名倉が手伝いに来る」

グラス磨きをしていた美希がその手を止める。

「客が――いや、店の客ではなく、俺の個人的な客が八時過ぎに来ることになっている。戻れたとしてもたぶん遅くなる」

一瞬困惑の表情を浮かべたが、美希が渋々という感じでうなずく。

きのうの日曜日の深夜、片平から電話があった。店に八時過ぎに顔を出すという。用件は口にしなかった。しかしわざわざ新幹線に乗って清水くんだりから出てくるからには、先日頼んだ一件についての返事を持って来てくれると考えていい。だとすれば、一時間や二時間で終わるともおもえなかった。それに酒の一杯もつき合わなければならないだろう。

片平の電話のあと、すぐに名倉に連絡を入れた。

名倉は急用のときに時々店を手伝ってもらう某私立大学の留年学生で、美希ともすでに何度か顔を合わせているが、彼女が戸惑いの表情を浮かべた理由はわかっていた。名倉が美希に惚れていて、それが鬱陶しいのだ。

「名倉で心配ないとおもうが、もしなにか面倒なことでも起きた……」

「だいじょうぶです。うちは良い客筋の方たちばかりですから」

さえぎるようにピシャリといって、美希がグラス磨きの手を早めた。その横顔に、能登はおもわず苦笑を洩らした。

糸数美希。初めて名前を聞いたときに、沖縄出身であることはピンときた。店で働くようになってから一年近くになるが、近ごろは夜の仕事に慣れたせいか、客あしらいも堂に入ってきて、本人は気づいていないだろうが、時々見せる目の動きのなかにはドキッとするような女の色香が漂う。

だがこの十二月で二十三歳になる美希は、今年かぎりで生まれ故郷の沖縄に帰る決心をしている。

高校三年のときに地元でスカウトされ、上京してタレントを目指していたが、結局鳴かず飛ばずの四年を過ごし、このあたりが潮時と判断したようだった。いまでは所属の芸能プロダクションで、昼間の事務の仕事をやらされている。

もっとも、東京に見切りをつけた理由がそればかりではないことを能登は知っている。それが時として、能登に後ろめたい気持ちを抱かせる。

「すみません。ちょっと別の用事で手間取っちゃいまして」

三十分ほどして、髪をポニーテールに束ねた痩身の名倉が顔を出した。荒い息を吐いているのは駅から走って来たからだろう。遅れたからというより、名倉の別の気持ちが読み取れた。

九時になっても一人も客が姿を見せなかった。スツールに腰を下ろして所在なげに雑誌をめくる美希に、名倉がしきりに話しかける。それを美希が適当にあしらっている。片平が来るまでは我慢しようとおもっていたが、能登も堪え切れぬようにジン・トニックを作ってなめはじめた。

「バー・ノートン」。六本木通りの裏手の、繁華街からはちょっと外れたビルの地下にあるカウンターバー。

表の看板には、「Ｂａｒ　ＮｏｔｏＮ」という、飴ん棒をねじ曲げたようなむかし風のネオンが点っている。発音通りの正確なスペルを並べるなら、「ＮｏｒｔｏＮ」とすべきだろう。だがどちらでもよかった。そもそもが、意味すらもないのだ。

上から読んでも山本山、あれですよ……。

十年前に、弘が店を出したときに笑いながら口にしたのをきのうのことのようにおもい出す。ネーミングが苗字の能登をもじったものであるのは明らかだった。弘。五歳ちがいの弟。しかし能登とは血の繋がりはない。能登が八歳のときに父が再婚した継母の連れ子だった。「ヒロシ」と同名の呼び名だったために、友人たちは、兄の能登を漢字をもじって「冠のヒロシ」、弟を「弓偏のヒロシ」と呼び分けた。カンムリとユミヘン。能登と同じように弘もこの呼び分けを気に入っていた。スポーツマンで明るく洒落っ気のあった弟は、七年ほどこの店を営業《や》って、三年前の真夏、三十四歳の若さで死んだ。正確に言えば、心中して命を絶ったのだ。一緒に死んだ女は、能登の妻の悦子だった。

二杯目のジンを作っているとき、ドアが開いた。

「いらっしゃ……」

口にしかけ、美希が息をのんで能登の顔を見る。

この暑さにもかかわらずスーツを着込んだ二人連れ。堅気でないことは一見してわかる。

「いいんだ」

美希と名倉にうなずいて見せ、ジンボトルを置いてスツールから腰を上げた。

「遅れてすまなかったな、宏さん。たまに東京に出てくると、いろいろとあって、な」

片平が神経質そうな細面のなかの目で瞬きもせずに見つめてくる。

「ご覧の通り、暇でね」能登は笑みで応じた。

連れの若いほうは、この前、清水に帰ったときにすでに会っている。香取とかいう名の片平の右腕だ。

カウンターに座った片平と香取に、名倉がブランデーの水割りを作る。どう応対すればよいのかを、美希が目で能登に尋ねている。首を振って、スツールに座ったままでいるよう能登は教えた。

美希や名倉の手前、迂闊なことはしゃべれなかった。名倉は無論のこと、美希にすら競輪でノミ屋と勝負をしていることなど教えていない。弘ならずし、兄の自分までがそれをやりはじめたと知れば、美希が嘆き悲しむだろうことは想像できる。

片平も心得ていた。短い世間話のほんの一つ二つでお茶を濁し、グラスを空にしてから目で能登を誘う。

「じゃ、あとを頼む」

スーツに袖を通し、怪訝な顔つきの美希と名倉を残して店を出る。

「しかし、宏さん。こりゃ、聞いてた以上にちっこい店だな」

ふしぎそうな顔をして、片平が「Ｂａｒ　ＮｏｔｏＮ」のネオンを見つめている。口振りからは、こんなもので食っていけるのか、とでもいいたげだった。

「儲けようとおもって営業りはじめたことじゃないしね。それに今年一杯で、クローズさせるつもりなんだ」

美希には教えていないが、彼女が沖縄に帰るその日を「バー・ノートン」の最後の日にしようと能登は考えている。

「わしらの稼業もわからんが、長いこと会わんうちに、宏さんもわからんお人になった」

ネオンと能登を見比べ、片平が小首を傾げて笑った。

笑うと下唇の左右の下に、まるでえくぼのような小さな窪みができる。いまでこそ片平は静岡を根城にする広域暴力団組織の幹部となっているが、その窪みが能登に、小、中学校を通じて同級生であった片平といまの彼とが同一人物であることを教えている。

2

連れられて行ったのは、六本木の交差点の裏にある、高級バーやクラブの入ったビルだった。

表で待っているよう香取にいって、片平がむき出しになったらせん状の階段を勝手知ったる顔で下りてゆく。能登もつづいた。

つき当たりに漆を塗ったかのような黒光りしている木製のドアがある。立ち止まった片平が振りむき、一度能登にうなずいてからなかにはいってゆく。

薄暗い店内は強い花の香りが充満していた。右手のステージで、ピンスポットを浴びた赤いドレスの女がピアノに合わせてスタンダードを唄っている。

片平の一言で、すぐに黒服に案内された。どうやら話は通っているらしい。

薄暗い店内を、ペンシルライトで導かれて奥の一角のソファテーブルに腰を下ろす。すぐに女が三人来て、能登と片平を囲む。

三年前の十二月に銀行を辞めるまで、こうしたクラブとは縁がなかった。だが辞めたあとにすぐになじむようになった。銀座、六本木——。自堕落に飲みつづけた。飲みつづける以外に、自分の心を癒す方法が見つからなかったからだ。金の心配はなかった。大学を卒業してからの十七年、遊びらしい遊びもせずにまじめに銀行勤めをしたのだ。それまでの蓄えと退職金。東松原に建てたマイホームさえも売り払った。それに悦子の生命保険金……。

心の空洞と無目的。ふしだらな生活から、目的とはいえないまでも、能登がなにかをやってみようという気になったのは、弘の自殺の原因を知りたくなったからだった。

すぐに目が慣れた。女の話に適当にうなずきながら能登は店内を窺った。

鼻を衝いた香りの正体はすぐにわかった。

ピンスポットを浴びて唄っている女の舞台を囲むようにして、まるで花屋でもできそうなほどのおびただしい数の胡蝶蘭や薔薇が飾られている。

席は半分ほど埋まっていた。客は一様にスーツ姿だった。だが片平と同じく、本来は似つかわしくないのに、スーツが最上の身だしなみだと信じきっている面々だ。

「客はその筋ばかりのようだな」

「この雰囲気じゃ、足を踏み入れた途端に堅気の人間はションベンをチビッちゃうさ」片平が唇の下にえくぼを作る。「表の世界にゃ、なんとか倶楽部とかいう、小洒落《こじゃれ》た名をつけた社交場があるだろう？　この店は、いってみりゃ、裏の世界におけるその手のやつってことさ」

それとなく店内に視線をむけ、独り言をつぶやくように片平が説明する。

いま歌を唄っている女が店のママで、久保玲一の情婦。久保玲一は、関東を根城にする広域指定暴力組織「誉連合」の会長で、静岡に本拠地を置く片平の組織はその二次団体という立場にある。店は組織の幹部連中しか出入りしないらしいが、客は必ずしも同系列ばかりではないらしい。

「ケンカは起きないのか？」

「ケンカ？」片平が鼻先で笑う。「肚のなかを隠して笑顔を見せるのが貫禄だとおもってんのさ。上の連中は政治家だよ。ケンカなぞをやらかすのは、やくざのなかでも下っ端と相場が決まっている」

ようやく片平の肚が読めた。服部が顔を出すのを待とうということらしい。服部が幹部になっている「六銀会」は、「誉連合」とは別組織の傘下団体だった。

唄い終えて、女が各テーブルの挨拶回りをはじめた。彼女が来るのを見越してか、片平がホステスたちに、少しの間席を外すよう、いった。すぐに女が能登たちの席に顔を出す。

「静岡の片平です」

片平が頭を下げた。

三十前後。整形したかのように、整ったきれいな顔をしている。

「あなたが、そうなの。話は聞いてるわ。服部さんを紹介すればいいのね。でもどういう口実にしようかな……」

「お手数をかけます」もう一度頭を下げてから、ガキの頃からの友人だといって、片平が女に能登を紹介する。「堅気なんですが、服部とは一、二度、面識があるらしいんで」

値踏みする目で女が能登をチラリと見る。

「じゃ、簡単ね。ごゆっくり……」

おざなりの挨拶を残し、女が席を立った。

「貫禄だな」

女の後ろ姿に目をやり、能登はいった。

「捨てられりゃ、それまでさ」片平が興味なさそうにウイスキーを口にする。「しかし、宏さんが訪ねて来たときは驚いたよ……」

二週間前、清水に帰って片平を訪ねた。能登が片平の顔を見るのはじつに二十六年ぶりのことだった。訪ねてみようと思い立ったのは、今度の一件があったからだ。数百万ぐらいまでなら、ノミ屋も負けを払ってくれるだろう。しかし億に近い金ともなると保証のかぎりではない。なにしろこちらは堅気で、相手はやくざだ。居直られたらそれまでになる。そこで能登の頭に浮かんだのが片平だった。

むかし清水に住んでいた頃、能登の家と片平の家とは数軒も離れていなかった。そのせいもあるが、物心ついたときから彼とはよくつるんで遊んだ。能登の実家は自動車整備工場をしていた父親が商売上手だったおかげで裕福だったが、片平のほうは、早くに父親を亡くした母子家庭のために貧乏を地で行くような生活を余儀なくされていた。他の子供たちはそんな片平を馬鹿にして敬遠したが、能登はふしぎとこの片平とは馬が合った。それは弟の弘にもいえた。弘は能登同様に片平のことも兄のように慕っていた。サッカーが盛んな土地柄で、しかも三人が三人ともサッカー好きだったこともあり、暇をみてはボールの蹴り合いに興じていたものだ。能登と弘は「冠の宏」「弓偏の弘」と呼ばれて近隣では頭脳優秀な兄弟として名を馳せていたが、片平は頭が良いにもかかわらず、自分の環境をすねてか、劣等生で押し通していた。能登が高校に入学した半年後、母親が他界したのを機に、片平は家を捨てて静岡に働きに出た。その後の消息については知らなかったが、社会人となって帰省した折りに、片平が地元のやくざ組織で良い顔になっているという噂を能登は耳にしていた。

片平に会って、詳しい裏の事情までは話さなかったが、弟の弘が服部たちに七千万からの金を食われ、それが因《もと》で自殺したということを能登は教えた。

このままでは弘が浮かばれない。せめて一泡吹かしてやりたい、それがためにいま勝負している——。負けてもいい、しかし自分が勝ったときに服部たちが金を払ってくれる保証だけは取っておきたい——。

命の借りが一回あるからな。考えたあと片平が唇の下にえくぼを浮かべた。弘と三人で海に遊びに行った中学二年のときに、能登は溺れそうになった片平を身を挺して助けたことがある。

しばらく子供の頃の話に興じた。新たな客が入ってきた気配がした。視線をむけると、服部だった。連れの男は知らない。

「あれか……」

片平が小声で訊く。

「背の高いほうだ。もう一人は知らない」

たぶんママに言われているのだろう、黒服がテーブルひとつ挟んだ席に服部たちを案内してくる。

服部と視線があった。一瞬服部が怪訝な顔をしたが、さりげなく目で挨拶をよこす。頃合いとみたのか、服部たちの席に顔を出していた女が能登と片平を呼んだ。

「お知り合いですって？」

女が能登にむかって目を細める。

「ええ、ちょっとばかり」

能登は服部に軽く会釈をした。

「こんな所でなんですけど、服部さん、こちら静岡の……」

女が組織の名をいい、服部に片平を紹介する。むろん服部は片平の組織は知っているだろう。次いで、素知らぬ振りで、片平に服部を。

「じゃ、皆さんでくつろいでいってくださいな」

用件が済んだとばかりに、女が早々に他のテーブルに移って行った。

「片平です。よろしく」

「こちらこそ」背筋をピンと伸ばした服部が、慇懃《いんぎん》な挨拶で片平に応じる。「こちらは能登さんと同じく堅気の方なので、素姓のほうは勘弁してください」

服部の連れの男が、それでも丁寧に頭を下げた。

近づきのしるしに、といって服部がコニャックを片平に注ぐ。服部の目が、片平と能登の関係を訝《いぶか》っている。

「いや、世間は狭いですな。能登さんとは子供の頃からの遊び友達でしてね。もっともその頃は、能登さんは優秀で、こっちは落ちこぼれ。ひょんな拍子で再会したんですわ。借りも返せずじまいでしたので、うれしいやら恥ずかしいやら」

そういって、むかし溺れそうになったときに能登に助けられた一件を、片平が服部に話す。

聞いている服部の目に、かすかに剣呑な光がある。弘の一件や、いま能登が勝負していることをどこまで片平が知っているのかを推し量っているのだろう。

これで十分だった。さりげなく時計を見て、能登は引き揚げる意志を片平に伝えた。

「これを機会に、今後とも」

片平が腰の低い挨拶を服部に残し、目で能登を促した。

3

弘を初めて見たときのことを、能登はいまでもはっきりと憶えている。

小学二年の、夏休みに入った最初の日曜日だった。能登は炎天下のもとで自宅の自動車整備工場裏にあるコンクリート塀にむかって、汗まみれでサッカーボールを蹴りつづけていた。

清水はむかしからサッカーの盛んな街で、四歳の誕生日に父からサッカーボールをプレゼントされて以来、能登もとりこになった。そして小学校に入学したときには町内にあるサッカーチームに入れてもらうほどまで熱中するようになっていた。

昼食後からずっと続けていた練習にさすがに疲れていた能登は、蹴ったボールを大きくそらした。そのそれたボールが塀のすぐ脇で能登を見つめていた小さな子供を直撃した。練習に夢中になっていた能登は、いつからそこに子供が立っていたのか、それすらも気づいてはいなかった。

転倒した子供に能登は走り寄った。大声をあげて泣き叫んで当然の、ヨチヨチ歩きを卒業したばかりの幼児だった。しかし、倒れた子供は泣き声ひとつあげずに、自分の力で起き上がった。胸にミッキーマウスのプリント柄をあしらった半袖シャツ姿の、目のクリッとした可愛い子供だった。

手で服の泥をはたいてやったとき、突然子供が大声で泣きはじめた。

その泣き声に、家の裏木戸を開けて、父の肇が顔を出した。その後ろに能登の知らない女の姿があった。女はこの界隈ではあまり目にすることがない鮮やかな色彩の服を身につけ、一分の隙もなく化粧をほどこした顔は能面のように白かった。

「ヒロシちゃん、だいじょうぶ?」

紅い唇から出た女の第一声は、能登の鼓膜に張りついた。一瞬、自分の名前を呼ばれたとおもったからだ。

出前で取り寄せたチラシ寿司の夕食を、その母子と父との四人で家の奥座敷で囲んだとき、能登は初めてその子供の名前が自分と同じ「ヒロシ」であることを知った。年齢は三歳らしい。

次の日曜日にも、弘とその母親は家にやってきた。弘はこの前と同じように、塀を相手にサッカー練習をする能登の姿を飽きもせずにじっと見つづけていた。三度目の日曜日にやって来たとき、能登は弘にむかって、そっとボールを蹴ってやった。弘がぎこちない足さばきで能登のほうに蹴り返してきた。能登のボールをキックするようすから見よう見真似でやってみたらしかった。しかしボールはそれることなく能登のほうに返ってきたのだ。能登の拍手に、弘が初めて白い歯を見せた。

それから夏休みが終わる八月の末まで、日曜日以外にも弘は母親に連れられて家に来るようになった。何度目かに来たとき、能登は大切に持っていた二つのサッカーボールのうちの一つを弘にプレゼントした。

あしたから学校がはじまるという夏休みの最後の日、弘をまじえた四人で夕食を囲んだ席で、父が能登に伝えた。

「この女性《ひと》がおまえの新しいお母さんだ。そして弘はおまえの弟になる」

父のことばを聞いても驚かなかった。幼いながらも、そのことを能登はなんとなく予感していたからだ。弘の母親の、能登の継母になる稔子《としこ》はそのとき三十歳になったばかりという若さで、一方父親の肇は五十二歳、稔子とは実に二十二歳も年が離れていた。

能登の父親は浜松の奥の農家出身の苦労人で、中学を卒業すると同時に浜松市に出て来て数々の職業を経たのち、十九歳のときに自動車整備会社に職を得た。それが自分の性格にあったのだろう、以来車の整備士一筋に生きるようになった。勉強をして整備士の資格も取り、遊びもせずにただひたすら仕事に打ち込んだ。その仕事ぶりと真面目さを見込んだ客のひとりが、肇に見合い話を持ち込んだ。相手は清水市で、小さな洋裁店をひとりで細々と営業っていた守山宏美という女性である。肇三十九歳、宏美三十五歳。互いが初婚の、晩婚だった。結婚を機に、宏美が洋裁店をたたみ、肇は清水港に近い現在の地に念願だった自分の整備工場を作って独立する。折からの車ブームに乗って事業は順調に拡大した。子宝に恵まれないという唯一の不満も、結婚五年目にして宏が誕生し、能登の一家に幸福な日々が訪れる。

しかし幸せは長くはつづかなかった。宏の生まれた一年半後に宏美が帰らぬ人となったのだ。肇が一生をかけた仕事である自動車による事故であったのは運命の皮肉としかいいようがなかった。以来五十二歳になるまでの七年間余りを、肇は男手ひとつで宏を育てることになった。後妻を、という話もなくはなかったが、肇の武骨で生一本な性格を嫌われたのか、再婚には至らなかった。

そんな経緯があったから、二十二歳も年の離れた稔子と結婚した肇は、幼い能登の目から見てもおかしくおもえるくらいのはしゃぎようだった。そして、連れ子の弘も能登同様に、目の中に入れても痛くないほどに可愛がった。能登と弘は血の繋がらない兄弟ではあったが、ふたりにとってはそれはなんら障害にもならなかった。それに互いに大好きなサッカーがある。サッカーボールをプレゼントして以来、弘はサッカーに夢中になっていて、能登は暇さえあれば弘のサッカーの相手をしてやった。能登が小学校の五年の頃、すでに彼は少年サッカーチームのFWとしてチームメイトを引っ張ってゆくほどのセンスを持ち合わせた選手になっていたが、その彼の目から見ても弘のサッカーにおける才能は非凡なものとして映った。弘が小学校に上がる春先までの二年半近くにわたって、能登の一家にはまた以前のような平穏で幸福な日々が訪れた。

4

ジャンがゆっくりと打ち鳴らされ、最後の残り一周半を告げる。

赤のユニフォームが銀輪を光らせながら後方から上昇してくる。正攻法で先頭に構えていた白の①番車がゆっくりと車を引いてゆく。

ジャンの音が観客の興奮をかき立てるかのようにさらに激しく打ち鳴らされた。

行けーッ。バカヤローッ。応援と怒声とが交錯し、観客席が熱気に包まれる。

最終周回の三コーナー、車を引いた白のユニフォームが猛然と捲《まく》ってくる。前団の隊列が乱れた瞬間、まるで木の葉が舞うように、白いユニフォームが宙に浮いた。バンクに叩きつけられる。悲鳴と絶叫が場内を包んだ。落車した白のユニフォームに後続の二選手が乗り上げて次々と落車した。

二コーナーの金網近くでレースを観ていた能登は、ゴールを駆け抜けてゆく選手を確かめることもなくバンクに背をむけた。

場内の片隅にある木立のなかのベンチに腰を下ろし、たばこに火をつける。

すぐそばで罵り声を上げながら、肉体労働者風の男が、大げさなしぐさでハズレ車券をひき千切って宙に撒き散らした。

能登が頭から買った白のユニフォームの選手は落車している。しかし、男のように捨てる車券を能登は持っていない。すべて注文は安井に電話で通しているからだ。この九レースでの賭金は三十万。六レースから来て、七レースに一本かすっただけで、これできょうの負けの総額は九十万ほどになっている。このツキでは、次の最終レースを終えた負けの額は、軽く百万を越すことだろう。

七月も半ば過ぎになって、暑さもいよいよ本格的になった。きょうの日中の最高気温は三十二、三度になるだろう、とテレビの予報は告げていた。

もう三時半を回り、陽がいくらか西に傾きはじめたというのに、暑さは一向におさまりそうにない。松の木の上から聞こえてくる油蟬の鳴き声が、流れる汗を助長するかのようだった。

六本木のクラブで服部に会って以来、つづけて二週間、勝負に負けた。花月園、川崎、大宮、立川、松戸、取手……。別に選ぶこともせず、近隣で開催している競輪場の出走表を見ては安井に注文を入れつづけた。張る金額も徐々に大きくしていった。

先週の取手競輪では、一日だけで百三十万という、これまでの最高金額の注文を入れた。さすがに電話口から、安井の緊張が伝わってきた。

「こんなことといっちゃナンすが……、金のほうまちがいないんでしょうね。これが飛ぶと、トータルでもう二百近くになりますよ」

「俺が一度でも鉄砲を打ったことがあったかね。おタクらは注文を受けるのが商売だろう？」

静かな口調でいうと、安井が気色ばんだ声で、わかりました、と一言答えて黙り込んだ。

きのういつもの喫茶店で、前週の負け分の二百万を安井に払ってやった。上機嫌な顔をむけてはいたが、目が以前より真剣味を帯びてきているのがわかった。金額がどんどんエスカレートしている。

金の受け取りメモを能登に渡したあと、安井がキツネ顔のなかの目に探るような光を帯びさせた。

「能登さんもちょっとツキがないようですし、少し慎重になさったほうが……」

「いいんだよ。俺は弟のような真似はしやしないさ。金はある。なにせ、死んだ女房の保険金も入ってるしな」

「弟さんの一件は、自分はなにも……」

安井が落ち着きのない目を動かした。

「気にしなくていいさ。俺は好きで競輪をやっている。ただそれだけのことだ。ところで相談だが……」

腰を浮かしかけた安井を引き止めた。

「張る金額を変更はできないのかな？」

「どういう意味、っスか？」

安井の目の動きが更に落ち着きのないものとなった。能登の肚を探るように、じっと見つめてくる。

非合法のノミ屋がはびこるにはそれなりの理由がある。ひとつは、直接現場に出向かなくても車券が買えるということ。それに後精算だから、手元に金がないときでも勝負を打てる。もっともこれが連中のねらい所で、客の負けは雪ダルマ式にふくれ上がって蟻地獄にはまり込む。そしてもうひとつは、客サービスと称する割引きだ。負けても賭金の一割の戻りがある。つまり客は、正規には百円で買う車券を九十円で注文を入れられる計算になる。だがその一方で、ノミ屋なりの保全も図っている。大穴が出たときの払い戻し金に上限を切ることがそのひとつ。上限を一万円で切っていれば、たとえそれ以上の払戻しになっても、一万円分しか払わない。そしてさらにもうひとつは、一目での賭金を制限することだ。つまり仮に一目に張る金を百万と制限されれば、それ以上の注文は受けてはくれない。

「六銀会」は払戻しの上限を一万円、一目での張り金を五十万円に制限している。

「払戻しの上限は一万円で切っても構わない。だが一目の張り金の上限をとっ払ってくれないか、という相談だ」

言外に金は十分すぎるほどあることを、能登は匂わせた。

「そうっスか……。デカくやりたい、ってわけだ」

上と相談して連絡を入れる、といって安井は帰っていった。

そして昨夜、店に安井から電話があった。

むろん安井は、「バー・ノートン」は知っている。しかし、絶対に店には電話を入れぬよう、勝負をはじめたときに釘を刺している。店の客の手前もあるが、なにより美希の目があるからだ。美希に知られることだけは避けたかった。能登はいま麻布十番の一DKのマンションでひとり暮らしをしているが、安井への注文はすべて、その自宅から、もしくは直接競輪場に出かけて行ってきていた。

急いで連絡を、と思いましたんで——。安井が言い訳めいた声を回線に流した。

美希の視線を横顔に感じながら、短いことばで能登は先を促した。

「能登さんにゃ、かないませんわ。服部の兄貴が能登さんだけは特別に受けてやれっていってますんで、ご要望通りやらしてもらいます。でもこういっちゃなんですが、やはりコッチも商売ですんで、条件があるんですわ……」

その交換条件として、これまでの一週間精算という方式は取りやめにして、日計りにしたいという。つまり、互いに即日精算をしよう、ということだ。能登に異論はなかった。

「わかった。じゃ、来月からそうしよう」

今月はこれまで通りでゆく、と安井に短くいって能登は電話を切った。

勝負は八月二日からの、いわき平で開催される全日本選抜競輪と決めている。三年前に弘は、一流レーサーが集結するそのビッグレースで、父の遺産の残りの全てを「六銀会」に吸い取られ、悦子と心中したのだ。

悦子の死で手にした生命保険金は三千万。そんな金でなにをしようという気も起こらなかった。怒りと虚しさのしみついた金だった。手つかずで別口座に放置していたその金の使い途をおもいついたのは、美希に出会って弘の心を知ってからだった。いま能登が「六銀会」に通している金は、すべてその口座から引き落としている金だ。服部たちへの撒き餌は一千万。勝負をはじめたときから能登はそう決めていた。

安井から受け取ったメモはきのうで十枚。負けの総額は七百万ちょっと。あと三百万まではくれてやる……。本当の勝負は残り二千万での全日本選抜競輪……。勝っても負けても、それを最後にして、二度と競輪には手を出さない覚悟を決めている。

最終レースの出走表を見つめているうちに能登の気が変わった。予想紙をゴミ箱に放り込み、場内の公衆電話にむかう。

きのう店が終わったあとに、美希に夕食を誘われていた。予定外の出社が日曜日にあったせいで、その代休がきょう貰えるのだという。適当な口実で断っていた。

すぐに美希が電話に出た。

「予定していた約束がキャンセルになった……」

誰かと約束でもしてなかったら……、と口に出かかったことばを飲み込んだ。

鼓膜に響く美希のうれしそうな声に、一瞬胸に刺すような痛みが走った。

「じゃ、五時に待ち合わせよう」

店の近くの喫茶店を指定し、能登は受話器を置いた。

西陽が照り返しはじめた京王閣競輪場の建物を横目に、能登は出口へ足をゆっくりと運んだ。

5

桜の蕾が色づきはじめた三月初旬のある日、突然継母の姿が見えなくなった。

父はこれまでに能登が目にしたことがないほどに憤り、そしてうろたえた。父の泣く姿を見たのも初めてのことだった。

ひと月後の四月で小学六年生になる能登は、工場で働く従業員たちの噂話をすでに十分理解できる年齢だった。どうやら継母は、宮辺という若い従業員と一緒に姿を消したらしい。

異変について察してはいるようだったが、弘が事態を飲み込むのは無理だった。なにしろ来月でようやくにして小学一年生になるという子供なのだ。不安そうな表情を顔一杯に浮かべて、しきりに能登をうかがう。だが泣くことだけはなかった。

継母がいなくなった翌日から父が酒浸りになった。そして酔って泣いているとおもえば、急にわめき散らす。しだいに父の怒りの矛先が弘にむけられるようになった。これまでは叱るときにすら手など上げることもなかったのに、なんの理由もなく突然幼い弘を殴りつけるというのも、一度や二度のことではなかった。最初の頃はきょとんとした顔をして弘は泣いていたが、それが三度、四度と度重なるにつれて、しだいに泣かなくなった。幼心にも、父が手を上げるのが自分の母親がいなくなったことにその原因があるのを理解したようにおもえた。泣かない代わりに、弘は父に怯えるようになった。日中に父の姿を目にしただけで姿を隠すし、夜は夜でこっそりと能登の布団にもぐり込んでくる。

そして四月、弘は両親が顔を見せないたったひとりの入学式を迎えた。校門の脇にある大きな三本の桜の樹の下で、入学式を終えた弘を能登は待ち受けた。桜の花びらの舞い散るなか、能登の姿をみつけたとたん、ランドセル姿の弘は走り寄ってきて、能登の胸に小さな顔を埋めてしゃくり上げた。そのとき能登は、血は繋がっていなくても弘は間違いなく自分の弟なのだと感じた。そしてこれから先、ずっと弘を自分の手で護ってやろう、と固く心に誓ったのだった。

父や母のことを忘れたかったのだろう、小学校に入ってからの弘は、以前にも増してサッカーに熱中するようになった。学校が終わってもすぐには家に帰ろうとはせず、陽が落ちるまでひとり校庭でボールと戯れていることも珍しくなかった。能登が見込んだ通り、弘は「サッカーの申し子」といってもよいほど、その才能に満ちあふれていた。能登が少年サッカーチームに入団したのは頼み込んでのことであったが、弘が小学四年生になったときには噂を聞きつけたのか、隣町の名高いサッカーチームの監督が弘を勧誘に来るほどまでになっていた。

弘がサッカーだけに秀でていたかというとそうではない。スポーツ万能でしかも頭が良いということで、能登自身も周囲の子供たちから一目置かれる存在だったが、弘は能登同様、あるいはそれ以上に学業も優秀だった。

そしていつからか、回りの大人たちがふたりのことを区別するのに、「カンムリのヒロシ」「ユミヘンのヒロシ」と呼び、そのうちにさらに略して、「カンムリ」「ユミヘン」と呼ぶようになった。大人のことばを子供たちはすぐに真似る。能登が中学三年生になったときには、呼ばれる能登と弘のほうもごく自然にその略称を受け入れていた。というより、そう呼ばれることに誇りすら感じるようになっていた。

出奔した稔子への憎悪を弘にぶつけていた父も、その頃になるとさすがに暴力を振るうことはなくなっていた。ひとつには父はやがて還暦を迎える年になっており、身体が衰え始めていたからだ。一方の弘は、サッカーで鍛えられているせいか、すでに身長は能登と肩を並べる一七〇センチ近くあり、逞しい身体つきになっていた。そしてもうひとつの理由は、弘が父も認めざるをえないほどに頭脳明晰な子供に育っていたからである。

そういう父と弘ではあったが、一度ねじれた感情を元に戻すのは容易なことではなかった。顔を合わせてもふたりが口をきくということはほとんど見られなかった。

弘との想い出で、いまでも時々能登の頭に浮かぶのは、能登が高校に入学した年の夏休みに行った、蓼科のキャンプのことだ。能登の同級生に山好きな父親がおり、その父子に誘われて弘と一緒に出かけたのだった。

中学時代に学校の行事としてのキャンプは能登も経験していたが、気の合う仲間同士の個人的なものは初めてだった。むろん弘にとっては何もかもが新鮮な体験であった。

深夜、弘とふたりで山の青草の上に寝そべって、そのままずっと星空を見つづけた。

満天の夜空で、手を伸ばせば輝く星たちをつかめそうな気がした。

「兄ちゃん、まるで星が降ってくるみたいだね」

「ああ、きれいだ」

清水の町なかで目にするのとは、まったくちがう星の輝きだった。弘がいうように、能登の目には、本当に星たちが天上から降り注いでいるかのように映って見えた。

「ねえ、どうしてサッカーやめちゃったの？」

「弘を見ていて、自分の限界がわかったんだ」

中学まではサッカー部に籍を置いたが、高校に入学してキッパリとあきらめた。サッカーへの情熱は、そのまま弘のサッカーへの応援に変えようとおもったからだ。

能登のことばに、弘が怪訝そうな顔をむけた。

「限界がわかってから、プレーをしていても愉しくなくなってきたんだ。もう俺も高校生だから、自分のこれから先のことを考えなければならなくなった。つまりもっともっと勉強をしなくちゃならないんだ。サッカーの情熱はその分だけ勉強にむけるよ。こんなこと、まだ弘には理解できないかな……」

「よくわからないけど……。でも僕はずっとサッカーをつづける。サッカーで有名になって、あの星のように輝いたプレーヤーになる……」

「弘なら、きっとできる。応援するよ」

ふと見ると、星空を見上げる弘の目尻から涙が頬を伝っていた。

その瞬間、能登は気がついた。星を見つめている弘の目に映っているのは、星ではない……。弘が見ているのは、幼い頃に自分の元から去って行った母親の姿なのだ。姿を消した稔子からは、これまでにただの一度も連絡がなかった。弘がサッカーで有名になりたいとおもっているのは、そうすれば母親が会いに来てくれるとでも考えているからではないのか……。

それから何事もなく月日は流れた。

能登は東京の名門私立のK大学にストレートで入学し、大手都市銀行に就職した。弘は学業優秀であったにもかかわらず、サッカーの道をただひたすら追い求め、サッカーの強豪として全国的に知られたF高校に進学し、全国高校サッカー大会では準優勝に導く活躍を示した。

銀行に就職した年のお盆に、能登は帰省した。高校三年生になっていた弘は、大学への進学も望まず、社会人サッカーチームとして何度も優勝経験のある、東京のM電機製作所に就職が内定していた。順調なら全日本のメンバーに選ばれるのはまず間違いないといわれていた。

家業の自動車整備工場は堅実な経営を行っていた。しかしいかんせん父は、あと三年もすれば七十歳になるという老齢で、第一線からは退いて、実質的な仕事を信用のおける従業員に委ねていた。父の唯一の悩みは会社の後継者という一点だけだった。

弘のサッカー人生もいずれは幕を閉じる。そうなれば弘に継がせればよい。自分に後を継いでもらうことを願う父に、能登はそういって説得を試みたが、頑として首を縦に振ろうとはしなかった。しかし、いつかは父も他界する。そのときに弘に任せればよいことだ。能登は銀行マンとして生きてゆく人生が自分にふさわしいと考えていた。

帰省した二日目に、能登は工場の倉庫で父親の車をいじっていた。東京の学生生活では駐車場代が高くて車を持てなかったので、たまの帰省で乗るくらいのものだった。エンジンを作動させ前後に軽く動かしてみる。シフトレバーの調子がおかしいと聞いていたが、そんなようすは感じられなかった。車庫から出そうとアクセルを踏み込んだとき、車が急にバックした。悲鳴が聞こえたのは一瞬だった。慌てて車を降りた能登の目に、膝を抱えて倒れている弘の姿が飛び込んだ。

6

「結局、きょうも一人だけなのかしら……」

所在なげにスツールで文庫本を開いていた美希がつぶやくようにいう。

「この薄明かりで活字なんか見ていると目を悪くするぞ」

三杯目のジン・トニックを能登は口にした。

三日つづけて客が不入りだった。もっとも込んだ日でもせいぜいが十人前後だ。

「弘は多芸で、話上手でおもしろかったからな」

「そんなつもりでいったんじゃありません」

「わかっているよ」

笑ってうなずく。本を閉じた美希に、能登はスプモーニを作ってやった。美希は仕事中はほとんど酒を口にしない。閉店間際や客のいないときに、薄いアルコールのものをたしなむぐらいだ。時計を見ると、十二時を少し回っている。店は一時までだ。

弘が店を営業っていたときは、いつもほぼ満席状態であったらしい。銀行勤めは連日のように残業がつづくが、たまには能登も顔を出すことがあった。確かに美希がいうように、そのときに客の姿が一人や二人だったということはない。

「バー・ノートン」はいまでこそ、どこにでもあるなんの変哲もないバーになっているが、弘の店のときは、ギターやボンゴやマラカスなどのなんらかの楽器が常に置いてあり、興が乗れば弘と友人がそれらを操って音楽演奏をして見せたりもしていた。その陽気な雰囲気に誘われて客が顔を出していたにちがいない。

「早いものね……。もうすぐ三年……」

美希がスプモーニを口に含み、視線を宙に泳がせた。

「そうだな……」

弘の思い出にひたっている美希の横顔に能登はチラリと視線をむけた。

もし美希が弘の心中相手の人妻が能登の妻だったことを知ったとしたら……。

弘と悦子の心中死体が発見されたのは、三年前の八月十日だった。場所は蓼科だった。銀行で仕事中だった能登は耳を疑った。車の窓をガムテープで目張りして、マフラーから排気ガスを引き込んだ一酸化炭素中毒死だという。悦子は友人の別荘で二、三日過ごすといって前日に車で家を出ていた。車種と車のナンバーを確認して、目の前が真っ白になった。弘の事故以来、能登はきっぱりと免許を棄てたが、車は間違いなく悦子の愛車のワーゲンだった。おもわず能登は手にした受話器を落としていた。

パトカーに乗せられて現場に急行した。道中で、所持品から心中相手の男が弘だと判明した、と聞かされたときは放心のあまり声も出なかった。周辺の様相はかなり変わってはいたが、ワーゲンの駐められてある場所には記憶があった。高校に入学した夏にキャンプに来たとき、弘と一緒に星空を見上げた、あの青草の生い茂っていた一角に間違いがなかった。

水色のワーゲンの横に、シートに覆われて弘と悦子の死体が並べられていた。発見されたとき、ふたりは互いの手をハンカチで固く結びあい、後部座席で寄り添うようにして横たわっていたという。

シートをめくると、頬をピンク色に染めた弘と悦子の顔が現れた。穏やかで優しい表情を浮かべていた。いまにも息づかいが聞こえてくるかのように血色がよかった。

悲しみとか憎しみとかの感情とはほど遠い、つかみどころのない感情が能登の胸のなかを彷徨《さまよ》っていた。真空のなかで呼吸をしているような気がした。蟬のシャンシャンという鳴き声に気づいたとき、初めて能登は声を上げて泣いた。

最初におもったのは、これは自分が弘のサッカー生命を奪ったことに対する彼流の復讐ではないかということだった。

子供の頃から俺はおまえを実の弟のように可愛がってきたではないか。父の憎しみを一身に浴びていたおまえをいつもかばってきたではないか。事故で膝を複雑骨折させ、選手生命を奪った過ちについては、すべてを抛《なげう》っておまえに償ってきたではないか。父の遺産もなにひとつとして俺は受け取らなかった……。いったい俺にこれ以上どうしろ、といいたかったのだ……。

悦子を愛していたのならなぜ一言俺に言わない。告白を受ければ、それでふたりが幸せになるのだということならば、それすらも俺は許しただろう……。

人目もはばからずひとしきり泣きじゃくったあと、弘と悦子が能登に宛てた走り書きのメモを見せられた。遺書とも呼べないくらいの短い一文だった。

「いろいろありがとう、兄さん。俺は星になる。　弘」

「ごめんなさい。弘さんと一緒に星になります。　悦子」

司法解剖から戻ってきた悦子の遺体は、悦子の父親で能登の銀行の四谷支店長でもある沼田惣二が、弘の遺体は能登が引き取って、それぞれ密葬に付された。迷ったが、結局弘の骨は、心中した現場にほど近い寺に納骨した。

その四カ月後の十二月、能登は銀行に辞表を提出した。

美希の好きな黒人ボーカリストのＣＤが終わった。想い出に彷徨《さまよ》っていた能登の耳にはまるで二人のレクイエムのように聴こえた。別のＣＤに変えた。

「私、後悔している……」

「後悔？」

弘と出会ったことをか、と訊こうとしてやめた。残酷な気がした。美希がいまでは、弘ではなくこの自分を愛していることを能登は知っている。

「そう、後悔……。弘さんから聞いたことを話し過ぎた……。いまマスターがなにをしているのか、そしてなにをしようとしているのか、私、薄々わかっている」

ジンのグラスを置き、美希を見つめた。

「きのうかかってきた電話の声、私知っているわ。弘さんに何度も取り次いだことあるもの……」

きのう店にかかってきた安井の電話を最初に受けたのは美希だった。

「そうか、でも俺は弘とはちがう。心配しなくていい」

「そうじゃない。あなたのそういうところが人を追いつめてしまうのよ。優しさとかおもいやりをかけるその上には、いつだって見下ろすようなあなたの目がある。どうして同じ場所からみたり手を差し伸べたりできないの？　同じ気持ちになっておもいやりを持つことができないの？　あなたはいつだって自分が一番正しいとおもっている。一分の隙もないほどに完璧主義。でも完璧なことが人間の幸せじゃないわ。完璧は人を追いつめてしまう、時として不幸の淵に追いやってしまうのよ。私の気持ちだって、そう……」

美希の唇が小刻みに震えている。大きな両の目には光るものがある。

バッグを手に、美希が泣きながら店を走り出てゆく。能登は止めなかった。

完璧が人を追いつめる、か……。あるいはそうかもしれない。

指先をジンで湿らせて、能登はカウンターの上に自分の名前を書いた。

宏。「カンムリのヒロシ」。美希のいうように俺は、弘を、悦子を、そして美希をも、このカンムリの位置から見下ろしつづけていたのかもしれない。

能登はジンをストレートで、ゆっくりと喉に流し込んだ。

7

安井と七月の最終週の決済を終えた足で、東京駅にむかった。店はきょうは臨時休業にしてある。

新幹線で静岡まで出て、在来線で戻り、清水に着いたときは六時を少し回っていた。

駅裏に片平組の事務所はある。約束は七時だった。時計を見てから能登は港のほうにタクシーを走らせた。大通りを曲がった所で車を降りた。真っ直ぐに行くと港だ。

すぐに、慣れ親しんだ一角に出た。

かつて自動車整備工場の実家のあった場所には大きな健康ランドセンターが建っていた。むろん、弘と一緒になってサッカーボールを蹴ったコンクリートの壁はない。落ちかけた西陽が健康ランドセンターの壁面を赤く染めている。

弘の膝は、打ち所が悪く複雑骨折していた。涙ながらにうなだれる能登に、弘は恨み言ひとついわなかった。サッカー選手への夢を絶たれ、M電機製作所の内定を取り消された弘は、高校を卒業すると、一転して役者を目指すといって上京してきた。中学に入ったときに自己流でやりはじめた弘のギターは、元来が器用だったからだろう、高校を卒業するころには玄人はだしの腕になっていた。ただサッカーが上手いというばかりでなく、頭もよく、明るく、そしてハンサムな弘は、中学に入学したころからずっと、女生徒たちの憧れの存在だった。家業を弘に継がせる気などない父は、そんな弘の進路に対しても何の意見もしなかった。

東京に出てきた弘は中野に小さなアパートを借り、名もないプロダクションに所属して、アルバイトをしながらしばらくの間頑張っていた。多忙な銀行勤めで遊びに金を使うこともなかった能登は、できうるかぎりの援助を弘にむけた。

だがもちろん役者などそう簡単になれるものではない。

兄さん、壁にぶち当たったよ——。東京に出てきて二年ほど経った頃から、弱音など吐いたことがない弘が、時々そんなことばを口にするようになった。そしてその年の春先、父の肇が心筋梗塞で他界した。六十九歳だった。

葬儀を終えたあと、能登は家業を継ぐよう弘を説得した。頭が良く、しかも器用な弘だ。自動車整備工場の仕事を覚えることなどそれこそ造作もないことだろう。それに父の死が能登には、清水に帰って家業を継げ、と父が弘に最後のメッセージを送ったようにおもえたからだ。役者への道が行き詰まっていた弘は、渋々ながらも、最終的に能登のことばに従った。その代わりというわけではないが、父の残した遺産はすべて弘に与えた。父の遺産は金や土地ではない、父が愛した自動車整備工場なのだ、とのおもいが能登にはあった。父がここまで仕上げた自動車整備工場を継続してやることが、せめてもの父への手向けになると考えたからだ。

これで弘も落ち着く——。重い枷《かせ》を取り払われたかのようにそうおもった能登の安堵も、長くはつづかなかった。役者への道を諦め切れないのか、それとも長い年月にわたって父から受けた仕打ちのしみ込んだ清水の実家が耐え難いのか、戻ってわずか三年目にして、自動車整備工場を廃業してもう一度東京でやり直したい、と弘が言い出した。弘にすべて譲ったのだ。今さらとやかく言いたくなかった。それに弘の人生は弘のものだ。能登はあえて反対しなかった。

七時ちょうどに、片平の事務所に顔を出した。店を予約してある、といって、すぐに片平が腰を上げた。

割烹屋の奥座敷で、久しぶりに清水の地の魚と酒で舌つづみを打ち、頃合いを見計らってから本題に入った。

「これまでの収支ですよ」

十一枚のメモを片平に見せる。一瞬、片平の目が細くなった。

「ずいぶん食われたんですね」

「これからは、日計りということになった」

安井と取り交わした約束を片平に聞かせた。

「いったいどのくらいの勝負をしよう、って気で……？」

通帳を懐から出し、片平の前にあるメモの横に置く。

「これ、ぜんぶってことですか？」

酒を口に運びながら通帳に目を通し、片平が窺うような目で能登を見つめてくる。

「全部で三千万。女房の生命保険金だよ」

見つめる片平の目のなかの光がふっと消えた。唇の下にえくぼを浮かべる。

「このあいだも言いましたが、ますますもって、宏さんはわからんお人になった」

弘が七千万負けて自殺した、女房はすでに死んでいる、と片平には聞かせた。しかし弘と悦子が心中したことまではさすがに話せなかった。そこまでは片平が知る必要はない。

「服部んところ、奥は深い、っていってたよな？」

「二億、三億は一日で動かせるでしょう。しかし、まさかそれを全部獲っちまおう、ってんじゃないでしょうね」

片平が含み笑いを洩らした。

「まさかな。だいいち、そこまでやったら、それこそ俺は東京湾のなかだ」

苦笑でまぜっ返してから、真顔に戻して能登は訊いた。

「服部が組んなかで、ヤバい立場になるとしたら？」

「まあ、一本ってとこかな。一日で一億飛ばすようなことがあったら、そりゃあ、指詰めもんでしょう」

答えてから、片平がもう一度通帳を開けて見る。

「なるほど。弘さんの七千万と服部の指《エンコ》ってことですか……」

「この八月二日からいわき平で全日本選抜競輪がある。その通帳を飛ばしてもいい覚悟はある。勝っても負けても、その勝負で俺は競輪からは手を引く。三年前に弘が追い込みを受けたのは、その全日本選抜競輪でなんだ」

「察しはつけましたけどね……」

「問題は、仮に適中したときに、服部がすんなりと支払いに応じられるかどうかということだ」

ノミ屋にとって理想的なのは、少しずつ長い時間をかけて客が受けるダメージを最小限にして金を巻き上げてゆくことだ。客から一度に多額の金を取ると、なにかと問題が起きる可能性がある。警察にも目をつけられる惧《おそ》れだってある。したがって、客が急に多額の勝負をしてくると警戒する。それに当たれば当たったで、俗に言う、「食い逃げ」で客が二度と客でなくなることも考えられる。そうなれば泣きっ面にハチだ。だからそんな場合、相手が堅気の素人ということになれば、注文を受けるだけ受けて適中したときには居直られる危険性がある。

片平が酒を口にして考え込んでいる。能登が清水まで来た理由に察しをつけたのだろう。

直接片平の口から注文を受ければ、服部は支払いに応じないわけにはいかない。なんといっても片平は「誉連合」の傘下団体の幹部なのだ。だが、一歩間違えばやくざ社会のことだからケンカに発展する惧れもはらんでいる。片平が他の組織のノミ屋荒らしに出張ってきたとおもわれるだろう。

「ユミヘンの活躍を新聞で見るのが楽しみだったですよ」

この一件を切り上げるかのように、片平が弘の高校時代のサッカーでの活躍ぶりをおもい出しながら話しはじめた。片平は弘のことをユミヘン、ユミヘンと呼んでは可愛がっていた。

「てっきり、社会人でもあのまま活躍しつづけるのかとおもっていたら、それっきりになっちまった。自動車整備工場を引き継いだという噂を耳にしたら、そいつもすぐにたんじまった……。ユミヘンにいったいなにがあったんです？　宏さん」

訊いてくる片平の目は、むかし弘と三人でサッカーに興じていた頃の目に戻っていた。このあいだ清水に帰って来て片平に会ったときは、弘がサッカーを断念して役者の道を志したとだけ話してあった。

「弘がサッカーを断念せざるを得なかったのは俺が原因なんだ……」

自動車整備工場を整理してふたたび上京した弘は、それから「バー・ノートン」を出す二十七歳までの四年間、必死になって役者の道を目指した。弘が東京に出て来た翌年に、能登はその時の上司である沼田惣二の次女の悦子と結婚し、そしてその一年後には、沼田が所有していた東松原の土地に家を建てて、文字通り一家の主としての構えをとった。実家を整理して得た大金を持っている弘から資金援助の申し出があったが断った。土地は廉価で譲ってもらったものだったし、勤める銀行の行員むけの優遇されたローンを利用すれば十分に事足りたからだ。能登にはこの先も銀行員としての悠々たる生活が保証されているが、海のものとも山のものともわからない役者稼業を目指す弘にとっては、父が遺してくれた金だけが唯一頼りのはずだった。

代々木上原のアパートで独り住まいをしていた弘は、近くだったせいもあり、東松原の能登の家にはよく遊びに来ていた。悦子が料理上手だったこともあるが、なにより彼女が弘が訪ねて来てくれるのを大変喜んでいたからだろう。

悦子の父方の沼田の家というのは杉並区の代々からの素封家で、子供の頃からお嬢さん育ちの悦子にとっては、弘が聞かせてくれる役者の世界の話や時としてギターを持参して歌を唄ってくれる時間がことのほか楽しいらしかった。それと、弘と悦子が同い年だったということもふたりが馬が合った理由であるかもしれない。

役者として成功するのは、能登の想像以上に難しいことらしかった。実力があっても運に恵まれなければ世に出ることはかなわない。それにその道に憧れる予備軍は掃いて捨てるほどにいる。結局弘は四年間で、完全に役者への道をあきらめて、「バー・ノートン」を開店することにしたのだった。

酒を口にしながら能登は、悦子のことは伏せて、自分の不注意から弘がサッカー生命を失ったいきさつと、弘が「バー・ノートン」をオープンした経緯についてを片平に話して聞かせた。

「そうですか……。あのユミヘンがねぇ。しかし、なにも死ぬことはねえんじゃねえかと……」

つぶやく片平の目に少し光る物があるのに能登は気がついた。

片平がたばこをくわえる。能登は手元のマッチを放ってやった。

一服吸ってから片平がいった。

「話はわかりました、宏さん。乗りかかった舟だ、心配しないで勝負してください。服部には私から注文を出しましょう。でもユミヘンの金を返してもらうってことだけじゃなく、服部の指《エンコ》もほしいってことなんでしょう？」

「うまくいけば、の話だがね」

「勝負ですから、そりゃあフタを開けてみなきゃわかりゃしません。でも勝てば、願いどおりにはなるようにしますよ」

片平が手順を説明しはじめた。

8

毎年お盆前の八月上旬に開催される全日本選抜競輪は、その接頭語に「真夏の」とつけ加えられるように、灼熱の炎天下で戦われる競輪としてファンの間では知られている。

バンク内の温度は四十度以上、五十度を越えることも珍しくない。走る選手も観戦するファンもそれこそ汗みどろになっての戦いとなる。

スタンドの陰で涼を取ったあと、能登は周囲に人のいない一角を探して携帯電話を取り出した。

「九レース、車番で④番車から百万の総流し」

回線に片平の復唱の声を聞いたあと、能登は電話を切った。額から汗がしたたり落ち、半袖シャツの背中は水を浴びたように濡れている。

四日間の連続開催で、最終日が決勝になる。きょうは開催二日目だった。優勝者を当てに来ているわけではない。目的を達した瞬間が競輪から身を引くときだった。

きのうは三百万ほどの負け。そしてきょうは、前半で二レースを適中させ、これまでの成績は四百万のプラスだった。仮にこのレースを外しても差し引き四百万の負けですむ。能登は、二日間で資金の半分の一千万は負けを覚悟していた。勝負を最終日にまで持ち越すようであればきっと負けるだろう。追い詰められた気持ちでやる勝負に女神がほほえむとはおもえなかった。それを考えれば、もしこの九レースで成功しなかったら、チャンスは三日目のあしたしか残されていない。なぜなら、今シリーズで能登が勝負と決めた選手はこの九レースに乗っている④番車の小笠原弘だからだ。

片平には伝えたが、彼はまだ服部のところには注文を入れていない。車券売場の窓口がすべて閉じられ、選手が発走台に並ぶ直前になって初めて片平は服部に電話を入れる。テレビ中継をしているから、互いにそれは確認でき問題はない。

このやり方を教えたのは片平だった。

「ノミ屋は危険な注文には保険をかける。現場で実際に券を買っておくか、他のノミ屋にヘッジするんだ。ギリギリに注文を入れれば、その手は使えない」

賭けているのは金だけではない。服部にツメ腹を切らせることができるかどうか、その二つだ。

片平はいま清水の自宅にいる。服部との精算は、溜池にあるシティホテルのロビーラウンジで午後の七時。能登の代わりにそれをやっているのは、片平の右腕の香取だ。

暑かった。しかしその暑さが逆に能登の感覚を奪ってくれる。胸は激しく動悸を打っていた。発走時刻までまだ十五分ほどある。能登は予想専門紙を広げ、たったいま服部に注文を入れた九レースのメンバー表に視線を落とした。

④番車、大阪の小笠原弘は無印だ。車番連勝のオッズでは、二着に誰が来ても万車券になる。注文を受けた服部はきっと青ざめた顔でテレビを凝視するにちがいない。

サングラスをかけ、日陰ではなく、あえて灼熱の太陽の降り注いでいるスタンドの一角に腰をすえた。

ジリジリと太陽の光が肌を焼く。汗がふき出し、ふき出した汗が気化し、気化した汗がふたたび新たな汗を滲み出させる。この太陽の下で小笠原弘が勝負をし、その勝負する小笠原に自分が服部相手に勝負しているのだ。いや、「カンムリ」と「ユミヘン」のふたりが勝負しているのだ……。

銀行を辞めたあと、脱け殻のようになって夜の街を彷徨い歩いた。脱け殻のなかにアルコールを大量に流し込んだとき、初めて能登は、弘と悦子に対して憎しみの感情を抱いた。俺は弘にそこまで恨まれていたのか……。俺が悦子にいったいなにをしたというのか……。

考えてみれば、幼い頃から人を憎んだことなどなかったようにおもう。

弘と悦子の、ふたりへの憎しみが頂点に達したとき、能登の胸に今度は、なぜだ、というおもいが湧いてきた。なぜ弘は死を選ばなければならなかったのか……。本当にふたりは愛し合っていたのだろうか……。真実を知りたいとおもった。どんな真実をつきつけられても、いまのこの自分の姿よりは救われる。そうおもえた。そしてそのおもいがふくらむにつれて、ふたりへの憎しみが汐が引いてゆくように、能登の胸から薄れていった。

疑問だったのは弘の手元にあったはずの大金が跡形もなく消えていたことだ。父が残した七千万からの金。店も繁盛していた。どうつかっても五千万ぐらいは遺されていてもいいはずだった。それに、店も人手に渡っていた。自殺するひと月ほど前に、二千万の担保に入れていたのだ。

残された通帳から見ると、弘の金遣いは死ぬ一年ほど前から急激に荒くなっていた。それも毎週月曜日になると決まったように百万単位の金が引き出されている。

落ち着いて考えてみると、たしかに自殺する一年ぐらい前から、弘がいつもの弘とはちがうように感じられたことが度々あった。ふだんと変わらぬように陽気にふるまってはいたが、それが妙にわざとらしく能登の目には映った記憶がある。時々その表情に陰りを漂わせることもあったようにおもう。

弘と悦子が心中した翌年の春から、能登は心当たりのある弘の友人たちを訪ね歩いた。弘が金を必要としたような具体的な出来事はなかったかどうか。そして、弘の女関係……。

女友達の何人かは浮かび上がったが、特に能登のカンに響いてくるような女はいなかった。金の使途にいたっては友人たちも首を傾げるばかりだった。

そんなときに一年半ほど前、ふと懐かしさから、かつて弘が営業っていた「バー・ノートン」の在った場所に顔を出してみたのだ。人手に渡り、新しい装いの看板を掲げていた店もまた閉鎖され、ドアには売物件の貼り紙がしてあった。

弘の「ノートン」を知る人間が、元に戻った看板を見て入ってくるかもしれない、とおもった。そうすればなにかの手掛かりを得られるのではないか……。その数日後に契約を済ませ、能登は「バー・ノートン」を復活させたのだった。

レースがはじまった。号砲で選手が隊列を作ってゆく。青いユニフォームの④番車は最後方に構えている。

小笠原弘、三十四歳。年齢的にはすでに競輪選手としてのピークは過ぎている。主戦法は、逃げ、捲《まく》り。弘が一番気を入れて応援に熱中していた選手だ。それを美希に教えられたとき、能登にはその理由がすぐにわかった。美希はただ単に、弘の名前が同じだから、と考えていたようだが同じなのはそればかりではない。能登の籍に入る前までの弘の姓は小笠原だった。

行け……弘。赤板を迎えたあと残り二周になったとき、能登は祈るような叫びを胸で上げた。

その叫びが通じたかのように、青いユニフォームが上昇を開始した。一車、二車、三車……。先頭に青いユニフォームが躍り出た瞬間、ジャンの音が鳴り響いた。場内の喚声、怒号……。

弘が快調に逃げる。だが残り二百メートルを切ったときに、白のユニフォームを先頭にした一団が猛然と迫ってきた。

弘、頑張れ。おまえはユミヘンだ。ユミヘンの弘だ……。

青のユニフォームが光り輝く銀輪の渦のなかに飲み込まれた。能登は目を閉じた。そのとき、場内が悲鳴と一緒に一段と高い喚声に包まれた。開けた能登の目に、ゴール寸前で落車している何人かの選手の姿が飛び込んだ。弘、弘はどこだ……。白のユニフォームから少し遅れてゴール線に入線した青いユニフォーム姿が目に入った。

「青、青の④番、小笠原は何着だった？」

横にいる初老の男に、能登はおもわず怒るような声で訊いていた。そんなモンを買っているのか、とでもいいたげな視線で男が能登を見返してくる。

「三だよ、三」

三着。車券は外れた。しかし、ツキがあるとおもった。三着ならギリギリあしたの準決勝レースに進出できる。もし落車がなかったとしたら、小笠原は間違いなく八着か九着だったはずだ。

小笠原はツイている。ユミヘンはツイている……。勝負はあしただ。能登は胸でつぶやいた。

「バー・ノートン」を再開してひと月ほど経った去年の五月の連休明けに、女がひとりでぶらりと入ってきた。まだ店を開けたばかりの早い時刻で、客は誰もいない。

酒屋のいいなりに、酒棚にはそれらしく洋酒は並べてある。しかしバー勤めは無論のこと、学生時代でもこの手の店でのアルバイト経験がない能登だった。せいぜい水割りに毛の生えた程度のものを作れるぐらいだ。カクテルなどの注文があれば、逆に客にその作り方を尋ねるような有様だった。怒って帰る客もいた。それはそれでかまわなかった。最初から儲けを頭に入れて店をやりはじめたわけではない。

スプモーニを、と女が注文した。例によって、能登は、作り方を訊いた。

「マスターは？」

「私ですが」

まだ店をオープンさせてから間がない、自分は水商売の経験がないのだ——。能登は女に丁寧に謝った。

話を聞きながらしげしげと能登を見つめていた女がいった。

「表のネオンがまたむかしに戻っていたようですけど……」

「お客さんだったのですか？　むかしの『ノートン』の？」

「ええ、まあ……」

女がことばを濁した。そしてカウンターのなかに入っていいか、と訊いた。自分で作るという。

「どうぞ。すみませんね」

カウンターに入った女が、慣れた手つきで赤味がかったカクテル風のドリンクを二つ作った。

「簡単なんだから、早く作り方を覚えてね。盛り上がらないし、商売にならないわよ」

いたずらっぽくいって、グラスの一つを能登の前に置いてから、女が糸数美希と自己紹介をした。タレントの卵だという。

しゃべる口調に嫌味も屈託もない。タレントを目指しているというだけに、なかなかの美人だ。目鼻立ちがはっきりとしているが、キツイという印象はない。どちらかというとコケティッシュという形容が的を射ているだろう。

店をはじめてこの一か月、弘がやっていたときの「バー・ノートン」の客は三人顔を出しただけだった。それも「バー・ノートン」の後にできた店の常連客になっていた男たちだった。むかしのネオンに引かれて入って来たのは、美希がはじめてだ。

あるいは弘のことをいろいろと知っているかもしれない。

「作ってもらって料金は取れないですから、きょうは店の奢りにしますよ」

スプモーニをひと口含んでから、能登は美希を話に誘った。

「むかしのお店とはどんな？」

訊きたいことを、先に美希に訊かれた。

弘の店がクローズになった理由を知っているのだろうか。ちょっと迷った。顔を出したむかしの客の三人は、三人が三人とも弘が自殺、それも心中したことを知っていた。

ただ相手の女が人妻だったらしい、という噂を耳にしたというだけで兄の妻だったことまでは知らなかった。

「あのときの店のマスターの兄なんですよ」

能登のことばに、瞬間美希の目が大きく見開かれた。

「弘さんのお兄さん？」

弘のことを、弘さん、と呼んだ美希の声の響きには特別な気持ちが込められているように感じた。そして、次には美希が訝るような表情を見せた。

「でも、お兄さんだったら銀行に……」

それで美希と弘とがかなり親しい関係であることの推察がついた。

「辞めましてね……」

軽い口調で能登はいった。

「そうだったんですか……」

「そのことを弘から？」

美希がうなずいた。そして再び窺うような目で能登を見つめてくる。

「私の名前、弘さんから聞いたことは……？」

「いや、失礼。いまの自己紹介で初めて……」

美希が黙り込んだ。そして、急に腰をあげた。

弘のことをいろいろと訊いてみたかった。しかし、美希の表情は固かった。質問を拒むような雰囲気があった。

店の奢りということばを最初は喜んでいたにもかかわらず、美希はお金を置いて帰っていった。

それっきり美希は顔を出さなかった。ふたたび美希が姿を見せたのは、能登が忘れかけた頃の、それから三か月ほど経ってからのことだった。正確にいえば、弘の命日の翌日の八月十一日である。前日に能登は、弘の墓参りに行くために店を休んでいた。いくら商売抜きとはいえ、経験のない能登だけでは無理がある。店では前の月から週に二度、名倉という大学生がアルバイトで来ている。

たまたまその日は開店以来初めてカウンターが満杯になった。名倉がいなかったらまず対応できなかっただろう。

客がひとり帰ったとき、入れ替わるように美希が姿を現した。白のノースリーブのワンピースが日焼けした肌にまぶしいほどに似合っている。

座った美希の前に、能登はすばやく作ったスプモーニを置いた。

「ちょっと見ないあいだに、ずいぶんプロになったでしょう」

能登のことばに、美希が白い歯を見せた。

「合格ね」

グラスに口をつけ、美希がもう一度白い歯をのぞかせる。

他の客は名倉に任せた。商売するためにはじめたわけではない。弘の隠された部分を知りたいためだ。水割りを手に美希だけを相手にした。

「弘のときには、よく？」

「ええ……」

美希の表情から、客の耳を気にしていることが読み取れた。しかたなく能登は、ありきたりの話に話題を転じた。

しばらくして、カウンターの客のようすを見ながら美希がいった。

「私を使ってくれないかしら、マスター。女の子がいたほうが、お客さんが入るかもしれなくてよ」

「願ってもないことだね」

瞬時にして能登は答えていた。あしたからでも来れるという。話がまとまると、美希が帰っていった。

約束通り、次の日から美希は店で働いてくれるようになった。

美希は弘が死んだことを知っていた。心中で、しかも相手は人妻だったらしい、と──。美希がいま所属しているプロダクションに、かつて弘が役者を志していたときの仲間がいて、その男から聞いたという。他にもいろいろと弘のことを知っているような気がした。しかし能登は、一気に根掘り葉掘り美希に訊くことは控えた。想い出話を混じえて、美希の語りに任せた。

店が終わってから、美希とふたりで深夜バーに飲みにも行くようになった。店が開く前や休日には一緒に食事をするようにもなる。

美希は沖縄の西表《いりおもて》島の出身だった。高校三年生のとき、地元に遊びに来ていたいまのプロダクションの社長にスカウトの声をかけられたという。そして、卒業と同時に上京し、いま住んでいる恵比寿のアパートで暮らしながらタレントを目指す生活がはじまる。

弘のいる「バー・ノートン」に初めて顔を出したのは、同じ事務所にいる、かつて弘が役者を目指していた頃の仲間に連れられてだった。美希が上京して間もない十八歳の夏のことで、つまり弘が自殺するほぼ一年前になる。

美希が店で働くようになってから三カ月も過ぎた頃には、能登の胸のなかに彼女に対する特別な感情が芽生えるようになっていた。それは美希も同じらしかった。

しかし、能登は躊躇した。能登は四十二歳で美希は二十二歳。まるで人間性のちがう稔子と比べるのは美希に対して失礼というものだが、彼女との間の二十歳という年齢差がどうしても能登に父の再婚のことをおもい起こさせたからだ。父と同じ誤りだけは犯したくない。それに悦子のことがやはりまだ頭の片隅にあった。あれ以来二年以上も時が過ぎ、すでに愛情であるとか未練などという類の感情はほとんど無くなっているが、心の整理ができたとまではいい切れない。それができるのは、弘の一件の真実が知れたときのような気がした。

美希との話のなかで、意外な事実も明らかになった。

弘は自殺する一年半ほど前から競輪にのめり込みはじめていたらしいのだ。そして死ぬ半年ほど前からは、競輪のノミ屋で勝負をするほどまでになっていたという。その頃、弘に頼まれて時々店の手伝いをするようになっていた美希は、何度か相手方のやくざ風の男からの電話を弘につないだことがあるとのことだった。安井と名乗っていたという。

それで能登は弘が残した通帳の痕跡に合点がいった。毎週月曜日に多額の金が引き出されていたのはその精算のためだったとおもわれる。

もう冬の匂いのする表参道の並木道を美希と肩を並べて歩いた。葉の落ち尽くした夕暮れの銀杏の樹が妙に寂しげに能登の目には映った。

「沖縄——美希の故郷の西表島には冬などないのだろう?」

「こっちでいう冬みたいなのは、ね。雪が降るわけじゃないし」笑ってから美希がつけ加えるようにいった。「でも、ほかに降るものがあるわ」

「ほう」

「星よ。星が降るの」

美希のことばに、おもわず能登は足を止めた。

枝だけの銀杏の樹をひときわ強い風が吹きぬけ、ザワザワとした音を残した。右手の丈の高い銀杏の樹のてっぺんに、かすかに小さく星が輝いている。

「どうしたの？」

美希が立ち止まった能登をふしぎそうに見つめている。

「いや、なんでもない。そうか……、星が降るのか……。きれいだろうな」

能登の頭のなかに、弘と一緒に見上げた蓼科の夜の星空の光景がついこのあいだのように浮かんできた。

「西表島の海岸には、有名な『星の砂』というのがあるんだけど」

「知っている。なにかの虫の残骸だろう？」

「夢がないのね。私は、あれは降ってきた星が積もり積もったものだとおもっているのに」

「美希のそんなところがとても好きだよ」

美希が腕をからめてきた。見つめた能登に顔を寄せ、美希が軽く唇を合わせてきた。美希との初めてのキスだった。

ふたたび歩きはじめる。

「ねえ、奥さん、亡くなられたといったでしょう？　病気？」

「ああ、心臓だった……」

美希には数年前に妻は他界した、と作り話をしていた。欺こうとおもって口にしたことではなかった。事実を教えるようなときが来るかもしれないし、もしそういう機会がなければそれはそれでよい、と考えていた。

その日を境にして、美希と能登のあいだには、互いに認識し合う特別な感情が宿るようになった。しかし、能登は最後の一線だけは越えなかった。

弘が相手をしていたというノミ屋を知りたいとおもった。しかし闇の商売だけに正体をつかむのは容易ではない。水商売を長くやっていればそれなりのツテができて調べようもあるのだろうが、能登にはその術がなかった。弘の店に抵当権を設定していた町の金融屋を当たることも考えたが、たとえ知っていても教えてくれるとはおもえなかった。

だが正体はあっけないほど簡単に割れた。

年の明けた今年の三月、店を開けると同時に、明らかにその筋の人間とおもえる男が二人入ってきた。美希は八時からで、店には能登がひとりいるだけだった。

「おたくが、この店のオーナーかい?」

ぞんざいな口調で若いほうが訊いた。

うなずくと、たたみかけるように男がふたたび訊いた。

「というと、能登弘の——」

い。

「兄ですよ」

弘の名前を口にしたことで、能登の直感が働いた。教えたほうが、手っ取り早くていい。

「身内がまた店をはじめたと聞いたんでね……」

男たちは安井と服部だ、と名乗った。直感が正しかったことを能登は知った。美希から聞いたノミ屋の相手の名前は、確か安井といっていた。

弘の競輪の勝負の未精算金がまだ三百万残っているという。

「どうしろ、と？」

「弟さんの不始末を兄さんが尻拭いするというのは道理にかなっているんじゃないのかい？」

安井が店内をながめ回している。恐喝と一緒だった。払わなければ店を目茶苦茶にしてやるということだろう。

翌日能登は、弘に一切の債務が残っていない旨の一筆を取って安井に三百万を支払った。

その夜、店が終わったあとに美希といきつけのバーで、酒を飲みながら能登はその一件を話してやった。ごく軽い気持ちだった。安井に金を払ったのは、店を壊される恐れというより、店で働く美希になにかがあってはいけないという気持ちがあったからだ。

「あなたはバカよ。人が良いにもほどがあるわ」

聞き終えた美希がみるみるうちに両目に涙を一杯ためた。そして意外なことを告白しはじめたのだった。

9

駅前のビジネスホテルを出たのは、朝の九時だった。勝っても負けても、きょうを最後の勝負と決めている。

すでに昨夜、前夜版と呼ばれる予想紙で、きょう行われる全レースに目は通し終えている。

勝負は十、十一、十二に組まれた準決勝の三つのレース。最終レースである十二レースにはきのう命拾いで三着に入線した小笠原弘が乗っている。実力選手がたくさん同乗しているだけに、やはり小笠原は無印だ。しかも実力が劣る選手が着けるゼッケン番号、俗に言う、468《ヨーロッパ》と呼ばれる⑥番車。小笠原が一着でゴールを駆け抜ければ、たとえ二着に誰が入ろうときのうと同じく万車券になることが予想される。

残った金は一千三百万。きのうと同じように、⑥番車の小笠原から全ての選手に百万ずつ流し買いをすれば、八点で総額八百万が必要となる。残りの五百万で、十、十一の二レースは一本買いの勝負をする。外れてもともとだ。この二レースは十二レースのための露払いみたいなものだと能登はおもっている。

勝負に賭ける能登の心を乱したくないのだろう、片平からは昨夜、きのうの精算は終えた、との一報があっただけだ。

十レースの発走は三時。いまから競輪場に顔を出す必要はないのだが、この灼熱の陽の下で、能登は自分の身も心も焼け焦がしたかった。たとえ勝とうが負けようが、身も心も焼け焦がすことによって、この三年間自分が引きずってきた弘と悦子の残影が消えるような気がした。

帽子屋で買ってきた白の野球帽にサングラス。あえて庇《ひさし》のない、直射日光が照り返すスタンドの一角に腰をおろした。

ジリジリと焼けるような真夏の太陽を浴びながら、一レースから観戦する。焼けたアスファルトのバンクからは陽炎《かげろう》が立ち昇っている。

場内の喚声も喧騒も能登の耳には遠かった。揺れる陽炎を見つめる能登の目に、かつて真夏の運動場で弘とサッカーボールを蹴り合った日々の姿がよみがえってきた。そしてそれを打ち消すかのように、白い能面のなかの紅い唇を動かしている継母の稔子の顔が——。つづいて、ほほえむ悦子の顔が——。悦子の顔が薄れてゆき、美希の顔が浮かんでくる。浮かんだ美希の顔が、あの夜告白した彼女の話を能登におもい出させる。

「私、じつは弘さんと結婚の約束をしていたんです」

能登は自分の耳を疑った。どういうことなのだ……。

涙を流しながら話しはじめた美希の顔を能登はじっと見つめた。

スカウトされたとき、美希は東京に出て来る気はなかった。自分はタレントにはむいていないとおもったからだ。高校を卒業したら、家業の民宿を手伝い、一人娘だからゆくゆくは結婚して糸数の家を継ぐつもりだった。だが、高校を卒業する間際に経営する民宿が潰れてしまった。いくつかある西表島の民宿のなかでも、美希の家は建物も旧く設備も劣っていたことから集客がままならなかったのだという。そのために父母は沖縄本島の那覇に働きに出ざるを得なくなった。そこで美希は決心した。タレントになって、両親にもう一度民宿をやってもらう資金を自分の手で稼ごうと。だが上京して、すぐに考えが甘かったことに気がついた。競争が激しく、それに周囲を見回しても自分など出る幕もないほどに美しく可愛いタレント予備軍の女の子たちがたくさんいる。

そんなときに「バー・ノートン」で弘に会った。

役者の道を志したことのある弘は美希の良き相談相手になってくれた。そんな美希が弘と恋に落ちるのに時間はかからなかった。西表島の実家の話をしたとき、弘は美希と一緒に帰ってもいい、と約束してくれるまでになった。弘が悩み事を抱えていることはわかっていたが、自殺する数か月ぐらい前から、見ていてもそれとわかるほどに弘の生活が荒みはじめた。ノミ屋を通して競輪をしていることは薄々知っていたが、それが前にも増して拍車がかかるようになった。やめてほしい、と何度か美希は頼んでみたが弘は聞いてはくれなかった。そしてこういったという。

――俺には兄貴がいる。立派な尊敬できる兄貴だ。ロクデナシの母親が俺を捨てて消えたあとも、血の繋がっていない俺を実の弟のように可愛がり義父の暴力からも護《まも》ってくれた。兄貴は俺と同じ名前の、〝ひろし〟という。小さい頃から、俺たち兄弟は『カンムリのヒロシ』、『ユミヘンのヒロシ』と呼ばれて仲の良い兄弟として有名だった。素晴らしい兄貴なんだ。俺は絶対に兄貴以上の人間にはなれないとおもっていた。だがたったひとつだけ越えられるかもしれない、とおもうものがあった。サッカー、だ。サッカーなら兄貴を越えられる、そうおもって俺は誰にも負けない練習をした。自信もあった。高校生のとき、実業団のサッカーチームに入団が内定したとき、俺は慢心してしまった。俺はようやく兄貴を越えられるものを、たったひとつだが手に入れたぞ、って。その慢心が禍いしたんだ。兄貴は小さい頃から人を困らせたり、憎んだりしたことがない人間なんだ。それは完璧といってもいい。俺の慢心がちょっとしたいたずら心を起こさせたんだ。兄貴が困った顔を一度見てやりたい、ってな。兄貴が自宅の車庫で車をいじっているとき、俺はそっと隠れて、車に近づいた。兄貴が車を動かした瞬間、ちょっとだけ身体を触れさせて大げさに振るまってやろう、とおもって。だが車がおもいもよらない動きをして、俺のすべて、サッカーの命である膝を骨折してしまった。事故だったが、あれは兄貴が悪かったんじゃない。すべては俺の慢心が招いた結果だった。責任を感じたんだろう、兄貴はすべてを俺にくれた。親の遺産も、なにもかもすべてをだ。兄貴は自分では気づいていないだろうが、正に呼び名の通り『カンムリ』なんだ。善意でしてくれることが、してもらっているほうには『カンムリ』でしかないんだ。そして、俺はいつしかこうおもうようになった……。俺が兄貴を越えられないのはしかたがない。でも俺は、せめて気持ちの上では兄貴と同等になりたい、気持ちが同等になったときに初めて、血は繋がっていなくても、本当の兄弟になれるような気がする、と。『カンムリ』でも『ユミヘン』でもない、宏と弘になれる、と。俺は本当の名前の弘に戻りたい。そのためには、能登の家からもらった遺産をすべて兄貴の元に返したい。そのためにもおれは勝負をやめることができないんだ——。

美希の話に耳を傾けながら、能登は恥じていた。自分は結局無意識のうちに弘を追い詰めていたんだ……。そこまで弘を苦しめていたんだ……。俺は内心、自分のすること、したことを誇っていたのかもしれない。弘がいうように、無意識のうちに「カンムリ」になっていたのかもしれない。良かれ、とおもう気持ちは、相手に対してではなく、きっと自分に対してのそれだったにちがいない……。

「私は弘さんの気持ちはわかっていた……」

美希がいって、淋しそうな笑みを浮かべながら指先で涙を拭った。

「弘さんは私を愛していない、って。故郷の西表島に帰ってくれるという約束も、私をただ励ますだけの口約束にすぎないっていうことも。そして、死ぬひと月前に、弘さんはこういって、私の許から去っていったわ……。おまえも俺を愛してはいない。それはひとりで、俺は人間のクズだ。俺は絶対に愛してはいけないひとを愛してしまった……。おまえも俺を愛してはいない。それはひとり沖縄から出て来て、親身になって相談に乗ってくれるひとがいなかったからにすぎない。いまに本当に愛するひとが見つかる。だからそのひとと故郷に帰るのが一番の幸せになる……」

美希の告白を聞いてから能登の胸にある決意が芽生えた。やりかけだった弘の勝負は俺がひき継ぐ……。ユミヘンの仇は俺がとってやる……。あの日から能登は競輪の研究に没頭しはじめた。

携帯電話の音に、ふと能登は我に返った。片平だった。

――どうしたんだ？　宏さん。きょうは勝負しないのか？

暑さで頭が朦朧《もうろう》としていた。庇もなく直射日光がもろに照り返している能登の周辺は、まるでそこだけが場内の喧騒から隔離されたかのようにポッカリとした空間を作っていた。時計を見ると、十分ほどで三時だった。

能登は短くいった。

「十レース、③―⑧一点、三百」

わかった、の一言で片平が電話を切る。

陽炎のなかで赤、白、黄のユニフォームが躍り、十レースは⑧―②で決まった。ゴールを見終えた瞬間、能登は携帯のボタンを押した。

「十一レース、④―⑧一点、二百」

片平が電話を切る前に、能登は携帯をオフにした。

十一レースは⑤―③で決まった。

最終の十二レースに出走する選手たちがバンクに姿を現し、地乗りの試走をはじめた。作戦を披露するように、それぞれの選手がラインを組み出す。黄色の⑥番車、小笠原弘だけがひとり仲間外れのようにポツンと走っている。

露払いのレースは終わった。気合を込めて両の頰に平手打ちを食らわせてから、能登は片平に電話を入れた。

十二レースの予定通りの注文を告げたあと、初めて腰を上げた。金網にへばりつく。そして黄色のユニフォームが目の前にさしかかったとき、能登は声を絞り出した。

「ユミヘン、おまえはユミヘンだ。忘れるな、ユミヘン。おまえはユミヘンだぞ」

黄色いヘルメットが動いたようにおもった。笑ったようにおもった。陽炎のなかで、褐色に日焼けした小笠原弘の顔が、能登の目には間違いなく弘として映った。

小笠原弘、三十四歳。能登が調べてみると、彼は高校サッカーから競輪界に転身してきたというキャリアの持ち主だった。

黄色いユニフォームの後ろ姿にもう一度目をやり、能登は出口にむかった。


時計の針が十一時を指したとき、能登は窓を開けてテラスに出た。

山々の緑の匂いを含んだ夜の風が清々しい。

丸木で組んだテラスの囲いに背をもたせかけ、能登は夜空を見上げた。いつか弘と一緒に見たのと同じ星空が広がっている。確かに手を伸ばせばつかみとれそうな星の輝きだ。

お盆で満杯かと危惧したが、蓼科のなかでこのペンションだけが空いていた。

わずかな高さのちがいなのに、二階のここからだと、地上よりもまだ星に近い感じがする。

きのう杉並の悦子の実家を訪問した。久しぶりに会った悦子の父親の沼田惣二は、やり手だったかつての面影は消え、能登の目には、定年を間近に控えたどこにでもいる銀行員の末路の顔としか映らなかった。悦子の一件で心労のあまり、銀行を長期間休んだということは人づてに聞いて知っていた。現在がどうなのかは、もう能登の関知することではなかった。

能登は用意してきた悦子の生命保険金三千万の小切手を沼田に渡した。

「やはり、これは私が手にする筋合のお金ではないとおもいます」

別に沼田は驚いた表情も見せなかった。地主で素封家の沼田にとってはさしたる金額ではない。だが彼が示した淡々とした表情にはまた別の意味があったようだ。

「いつかそういってくるだろう、とはおもっていましたよ。君はそういう男だ。だから私は信用して、悦子をお任せしたんだ」

沼田がそういって、痩せた頰に淋しそうな笑みを浮かべた。

「君が訪ねて来てくれるようだったら、お話ししようとおもっていた。悦子は私宛に遺書を残していた。お見せしたいが私宛ということなので勘弁してほしい。それがあれの願いなのだろうから。その代わりといってはなんだが、私が悦子の胸のうちを君にお聞かせしたい……」

昼過ぎに小淵沢に着き、そのままタクシーで弘の墓参りに直行した。それから、弘と悦子の心中した場所に花束を置き、周辺をしばらくの間散策したあと、夕方にこのペンションに入った。

もう二度と弘の墓参りには来ないつもりだった。それを弘も望んでいるだろう。時計を見た。十一時十五分。まだ決めかねていた。

バッグを手に、泣きながら店を出ていった美希とはあの日以来会ってはいなかった。連絡も取らなかった。

故郷の西表島に帰った旨の手紙を受け取ったのは二日前のことだった。

〈この手紙が着いた日から三日間だけ、毎日、夜の十一時半から日にちの変わる零時まで電話を待ちます。電話が鳴らなかったら、私は宏さんのことをあきらめます。美希〉

子供のはしゃぐ声に目を下にやると、家族連れが花火に興じていた。パチパチと輝く花火の火がまるで天上の星を鏡で映しているかのように能登にはおもえた。花火の火が吸い込まれるように地に落ちてゆく。「星の砂」は降ってきた星が積もり積もったものなの……。その瞬間、能登の心は固まった。

部屋の電話をコード一杯に伸ばし、テラスに引っ張り出す。十一時半ちょうどに、プッシュボタンを押した。

——もし、もし……。

美希の声だった。

「電話のコードが伸びるか？」

——えっ……。

もう一度、くり返し、家の外に出られるかを訊いた。

しばらくごそごそという音が回線から伝わってきた。

——だいじょうぶ。表に出たわ。

「星が降っているか?」

——ええ、降っている。すごくたくさん……。

「しばらく黙って見ていよう」

無言の返事を美希が伝えてくる。

受話器を肩にかけ、能登はじっと星空を見つめつづけた。

沼田惣二の声が能登の耳元によみがえってくる。

「悦子はこういってた……。私はなに不自由なく育てられました。お父さんのいわれる通りの学校に行き、すすめられたひととも結婚し、そして、ひとも羨むような幸せを手に入れました。すべてが、お父さんのいわれる通りに正しかった。きっと理解してもらえないでしょうが、でも、正しさばかりがひとの幸せではない、とおもえるようなひとを私は愛するようになってしまいました。善意で与えられる幸せというものに、きっと私は疲れてしまったのだとおもいます……」

見上げる空に、大きく光り輝いている星がふたつある。そのとき能登は、「ユミヘン」の残してくれた金の使い道を、そのふたつの星の光が教えてくれたようにおもった。

解説

小松成美

十年前の初夏、私はスペインのカディスに滞在していた。紀元前十二世紀、フェニキア人によって築かれたイベリア半島でもっとも古いその街は、石畳が敷き詰められ、細い路地が迷路のように入り組んでいた。

ジブラルタル海峡を望むサンタ・バルバラ遊歩道を歩いていると、強風で体がしなるほどだ。午後八時をとうに過ぎ、ようやく巨大な太陽が沈む頃になると、海面がきらきらと輝き、一面がオレンジ色に染まっていった。

夕暮れ時、石畳が敷き詰められた街もすっぽりと金色のベールを掛けたように色づいている。

ホテルから気ままな散歩に出ていた私は、地図を閉じ、観光客がまったく訪れない街の奥へと進んでいった。雑踏から離れ人影が見えなくなると、そこには古代から変わっていないと言われる風景が広がっている。

やがて、自転車がやっと通れるような脇道から、子供たちがボロボロのサッカーボールを蹴り、追いかけて走り出してきた。続いて私の前に現れた十四、五歳の少年は、彼らにサッカーのコーチングをしている。

突然、目の前に日本人を見た彼は少し驚いたような顔をしたが、すぐにっこりと微笑んで「オラ！ ケタル？（やあ、元気？）」と声を掛けてきた。彼の美しい笑顔は、無防備で、力強く、優しかった。

「ブエナス ノーチェス（こんばんは）」と答えた私は、自分がすっかり迷子になっていることに気付き、身振り手振りで目の前に広がる迷路からの脱出の方法を彼に聞いた。彼は、私の二の腕を無造作に摑むと、幾度も角を曲がり、目抜き通りへと通じる道へ導いてくれた。右手を挙げ「アディオス！」と言ってくるりと振り向き、路地の中に全力疾走で消えていったあの少年も、またサッカー選手に違いなかった。

少年の背中を見つめていた私に一人の女性が近づいてきた。手刺繡が施されたブラウスを着て長いスカートをはいた彼女は、さかんにタロットカードを見せている。彼女は、通りに面したドアを開け、小さなテーブルの前に私を座らせた。断る間もなく、彼女のタロット占いは始まっていたのだった。野次馬たちがドアの所に立って、神妙な顔の私を見て笑っていた。その中のひとり、中年の男が片言の英語で占い師の言うことを私に話してくれた。

カードを見ては適当なことを言い、皆が声を上げてカラカラと笑う。もちろん、街角の占いが深刻な意味など持つはずもなかった。それどころか、私はすっかり騙されていたのかもしれない。

言われたままの金額を支払うと、最後に彼女は、こんなことを言った。

「あなたは、本当は男に生まれてくるべきだった。もしも、男に生まれていたら、今とはまったく違った世界にいたはずだ。そして、その世界は、あなたをもっと満足させただろう」

散歩を終えた私は、グリルしたチキンとカラマリ（イカ）のフライを買って部屋に戻り、ひとりで食事を済ませ、ワインを飲みながら、冒険にも似た薄暮の散歩を思い出していた。

「もしも、男に生まれていたら……」

私は何をしていたのだろう。女でなかったら、どんな人生になっていたのだろうか。

その頃、アルバイトやＯＬを経て、ようやくフリーのライターとして仕事を得られるようになっていた私は、違う人生を空想することができなかった。

男だったら、この仕事に就けなかったかもしれない。

当時、まったくの素人だった私に原稿を書かせてくれた文藝春秋のＳ編集長は、「君ぃ、やってみるか。スポーツノンフィクションやドキュメンタリーを、これからはもっと、女性が書いてもいいはずだ」と言ってくれたのだ。

半月の旅行を終えて帰国し、再び取材に追われると、旅の思い出はすぐにも胸の奥深くにしまわれていったのだった。

一九九六年が明けて間もなく、私は一冊の本を読んでいた。白川道さんの「海は涸いていた」という作品だ。食事も忘れてむさぼるように、一晩、読み耽り、最後の一行を目で追いながら扉を閉じた途端、私はこの小説の主人公、伊勢孝昭を思っていた。その時、突如、カディスの夕暮れの記憶が蘇ってきた。

日に焼けたサッカー少年の笑顔、夕陽に照らされていた石畳の狭い道、男たちの笑い声、そして「あなたは男に生まれてくるべきだった」という、古ぼけたタロットカードを持った占い師の声。

その全てと、主人公である伊勢が重なり、私は、それまで考えたこともなかったほど強烈に、思っていた。男という生き方を知りたい、男の世界を感じてみたい、と。自分とは違う唯一の性に、信じがたいほどの憧憬と好奇心が込み上げてきたのだった。

白川さんが生み出した「伊勢」という主人公の魅力は、容易に書き綴ることが出来ない。破滅的な、しかし熱く滾《たぎ》るような生き方には解説など、必要もない。愛するもののために自分を犠牲にする屈強な意志、孤独に耐える魂、決して弱者に向かうことのない静かな怒り、女性に対する清廉な愛情。寛厳な人格は、どんなに酒を飲もうが、遅く帰ろうが、休んだことのない五百回の木刀振りが示している。

平易に言えば、ただただ男らしいこの人は、世間でいう幸せとは縁がない。罪を犯した過去を背負い、裏社会を住処《すみか》にすることの覚悟を決め、自分の大切な人だけを思い、守って生きている。犯罪に巻き込まれていくスリリングなストーリーの展開も、悲哀に満ちた結末も〝ハードボイルド〟というカテゴリーで片付けてしまうには、あまりに深遠なのである。

「絆」という映画にもなったこの作品に出会って以来、「男」という意識を一気に喚起してくれた「伊勢」は、私にとって特別な人になった。

以後、私は白川さんの作品をすべて読むことになる。九四年に書かれた「流星たちの宴」を手にしたのは、「海は涸いていた」を読み終えた直後だった。

株の仕手戦という戦場に夢を求めた男たちの一瞬の閃光を描いたこの作品で、私のような、平凡なサラリーマンの娘には想像もつかない闇が、事実、存在していることも知らされた。巨額の資金を操る非日常の中で生きる男たちは、あくまでも刹那的だ。泳ぐとも溺れるともつかない、浮き沈みを楽しむかのように繰り返す。息もつけない迫力に、私は「男」という生き方もずいぶんと大仰なんだと、溜息が出た。

白川さんが生み出す男たちは皆、琴線に触れ、聞いたこともない旋律を奏でてくれる。主人公の雄飛する姿が、破天荒であればあるほど惹きつけられる。しかし確かに、社会性を問えば〝問題有り〟と言わざるを得ないだろう。

白川さんがなぜ、そうした男たちを描くのか。その謎が解けたのは「流星たちの宴」を読んだ後だった。親しい編集者から、白川さんのデビュー作はご本人の実体験に基づく話だと聞いたのだ。

サラリーマンから転じ、自ら会社を興した青年実業家は、巨万の富を得ては博打に現《うつつ》を抜かし、悪徳サラ金から金を借りてヤクザの取立てにあい、連日小切手や手形の決済に追われ、ついには金融事件にも関ることとなり懲役刑まで受けたという。

日本中の人々が熱いトタン屋根の上の猫のごとく踊ったバブル期。単調な日常から離れ、株取引の世界に身を投じ、狂乱にも等しい日々を過ごしたのは、白川道さんご本人だ。つまり、あの小説は白川さんにしか書くことが出来ない世界だったのである。そんな白川さんが、小説家としてデビューしたのは四十八歳のときだ。

想像を絶するような経験を糧に書かれる物語は、湿度や体温、匂いや音まで醸し出す。白川さんの小説に登場する男たちが遭遇する状況と抱く心境は、その五感を経由し、淡々と再現される。白川さんの「実」の部分と、小説家として構築した「虚」の部分が渾然一体となって、あの気骨のある煽情的な物語が紡がれていくのだ。

死活の淵に立ってのぎりぎりの選択、誰かを守るための暴力、秘密裏に遂行される謀略、家族や恋人へ注がれる無条件な愛と理不尽な別れ。およそ半世紀にわたるご本人の生き様もまた、膨大な文字となって蘇ったに違いない。

私は強い衝撃を受けていた。

剝き出しの欲望や後には引けない意地があればこそ、人は優しさと覚悟を持てるのだと、確信した。それを白川さんの文章が教えてくれたのだ。

五編の短編を集めて一冊にした『カットグラス』には、長編では見落としてしまいそうな男の不器用な優しさが際立って綴られている。

雑誌に掲載された短編を、私はいくつか読んでいた。しかし文庫版になってまとめて読む機会を得ると、作品の印象が大きく異っていることに気付く。五つの物語が互いに響きあって、心をゆさぶる大きな振動を起すのだ。ページをめくる度に熱い思いが膨張し、胸を満していく。何と心地良い切なさだろう。

そして、やはりどの主人公にも白川さんの姿が重なってしまう。一流大学を出て、有名企業に就職した男の小さな躓《つまず》きが、やがて、人生を大きく旋回させていく。白川さんもまた、国立大学から一流企業へと進み、自らそのレールを脱線する生き方を選んでいる。酒を飲みながら、静かに語られるようなエピソードを読み進めると、「流星たちの宴」や「海は涸いていた」とは種類を違えた〝痛み〟を感じたのである。

栄光も挫折も味わった人生の半ばを過ぎた者たちが、〝封印した過去〟という重い扉を開け、誰よりも大切に思う人たちのために過ごす時間を、簡潔な文章が浮き彫りにしていく。

そこには、決して癒えはしない傷がぱっくりと口を開けている。だが、五つ並べたその傷は、どれも宝石のように、美しい。

「アメリカン・ルーレット」とは、掛け金総取りの麻雀賭博の呼び名だ。ロシアン・ルーレットとは逆で、誰かが死んで終わりではなく、誰かが勝って勝負が終わる。

遠い昔に別れた美しい女と再会した小説家の榊は、訣別したはずの過去に吸い戻されるように、彼女の誘うアメリカン・ルーレットに参加する。

銀座のクラブにいた女は歳を重ね、自分を守るために嘘も重ねていく。嘘ほど、細やかな愛情はないかもしれない。嘘をつく側も、つかれる側も、その嘘を頼りに歩いているからだ。

榊の新しいパートナーは、瑞々《みずみず》しい感性と愛らしいユーモアで彼を包み、彼に悲しい嘘をつかせることがない。

子供を亡くした親の気持を想像することは難しい。亡くした子供の面影を追って生きる戸辺は、行き付けの喫茶店で知り合った若い女性恵子に娘を求め、華やぐような気持を味わっている。

やがて、失踪した父親の借金を肩代わりするはめになった恵子と、時折、父親の真似事をする戸辺。地獄のようなサラ金の取立てにあった恵子は行き場を失い、またしても〝娘〟を失った戸辺は、復讐に命を燃やすのだ。約束した「イヴの贈り物」を渡すために。

湘南で育った三人の青年、並木、梶、木次。大学に入り、同じ女性を愛することになった並木と梶は、葛藤を抱えながら幾度も互いの人生を交錯させていく。自分の好きになった女が、親友を愛していた。その切なさは、むせ返る青春の記憶となって並木を縛っている。しかし、彼にはその記憶に身を委ねることは出来なかった。愛した女と親友、梶の結婚は、彼女の突然の死で終止符が打たれたのだ。間もなく、妻を失った梶は、並木の妹と結婚する。

失った愛情は、求めても尽きることがない、今を生きる人の愛情を凌駕するほどに。それに耐えられぬ者は別れるしかないのだ。結婚後すぐに離婚した妹と、お腹のなかに宿っていた姪を養うことで、その呪縛から逃れようとしていた並木は、いつまでも独りだ。

突然に死んだ親友の妻。彼女はクリスタル・グラスのデザイナーだった。彼女を忘れられない夫を思う妻は、別れた後にクリスタルの「カットグラス」を作る工房を開く。

幾重にも重なった愛情の糸は、十年の時間を経てゆっくりと解けていった。

社内抗争で松山に飛ばされた建設会社の営業マン法月。彼は赴任したその日にホステスに惹かれ結ばれる。昔、横浜で歌っていたと言う女、「浜のリリー」と過ごすようになった法月は、彼女を愛する気持を膨らませると同時に、自らの夢にも再起を賭けた。結婚を申し込むと泣いて断る女。微熱の続く彼女を励ますためにライブハウスを設計する法月。ライブハウスの完成を目前に、「彼女には歌うことが出来ない」と聞かされた法月は、会社を辞め東京に戻り、建築士として独立する。

十五年の時が過ぎ、一通の手紙が届いた。

建築家として成功を収めた法月は、そこでリリーの秘密を知ったのだった。好きな人のために守る秘密は、なんと尊いものなのだろう。

血の繋がらない兄弟の名前は同じ、「ヒロシ」だった。カンムリの宏とユミヘンの弘。二人は、再婚同士の親の連れ子として兄弟になる。やがて、弘の母親が駆け落ちし、宏は母を失った弟を庇って生きることが使命になった。

兄は一流の銀行員に。サッカー選手、俳優、次々と夢に破れた弟は、小さなバーを開く。しかし、弟が選んだ道は、兄の妻との心中という衝撃的な末路だった。

「星が降る」高原で、兄と弟が交わした親愛の言葉。最も愛情を注いだ弟は、自分の妻を奪って天に駆け上がっていった。

いったい何があったのか。弟は、妻は、何を望み、何を求めていたのか。

白川さんの作品に登場する男たちに共通して感じるものがある。気品と恥じらい、偏狭なまでの奥ゆかしさ。

凪《なぎ》の海のような静かな魂は、運命を諦めるほどの過酷さを知った者だけが持てるものだ。そして、時には間欠泉のように吹き上げる激情が、その静けさを支えている。

白川さんの小説に登場する男たちが、それを証明していた。

それを知った今、私は、「男」を理解する大いなる教科書を手に入れた思いがしている。もはや私には、男に生まれることを望む術《すべ》もないが、真の男の一縷《いちる》の思いを白川さんのお陰で知ることができた。

そして、白川さんご自身の静けさと激情を捧げる場所は、〝本〟という広大な世界にほかならないのである。

（ノンフィクション作家）

初出

アメリカン・ルーレット　オール讀物　一九九七年九月号
イヴの贈り物　オール讀物　一九九七年十二月号
カットグラス　小説新潮　一九九八年四月号
浜のリリー　オール讀物　一九九七年四月号
星が降る　オール讀物　一九九八年七月号

単行本

一九九八年七月　文藝春秋刊

文春文庫

定価はカバーに
表示してあります

カットグラス

2001年7月10日　第1刷

著　者　白《しら》川《かわ》道《とおる》

発行者　白川浩司

発行所　株式会社　文藝春秋

東京都千代田区紀尾井町 3-23　〒102-8008
TEL 03・3265・1211
文藝春秋ホームページ　http://www.bunshun.co.jp
文春ウェブ文庫　http://www.bunshunplaza.com

落丁、乱丁本は、お手数ですが小社営業部宛お送り下さい。送料小社負担でお取替致します。

印刷・凸版印刷　製本・加藤製本

Printed in Japan

ISBN4-16-717404-9

文春文庫

エンタテインメント

（ ）内は解説者

山口洋子
演歌の虫

演歌に情熱を燃やす音楽ディレクターの夢と挫折を女性作詞家の目で描く表題作と、旦那が来るのを待ち続ける老芸妓の心情を淡々と描く「老梅」との直木賞受賞作他二篇収録。（黒岩重吾）

や-8-3

山口洋子
月の音

見えない月の音をきくような女の性の不思議さと男たちの激流に流されながら、強く生き抜く神楽坂芸者桂子を、情感あふれる文体で描く長篇小説。表題作の他「渡月橋」収録。（清原康正）

や-8-8

山口洋子
シンシン

シンシンと名乗るホストの華やかな生活とその裏で男が感じる哀しみを描いた表題作ほか、男女の機微を描いた小説集。『雨』『気配』『雪あかり』『夕陽街』『花鳥賊のころ』『手鞠』収録。（奥田瑛二）

や-8-9

山口洋子
軽井沢冬夫人

映画俳優の妻暁子は、夏の軽井沢で献身的に尽くす貞淑な人妻を演ずる。が、冬になると淫奔な女に……。そして、事件の予感、解き明かされる謎。官能を謳いあげる渾身の長篇小説。

や-8-10

藤田宜永
じっとこのまま

「ルート66」「ラヴ・ミー・テンダー」「アローン・アゲイン」……。懐かしいメロディとともに甦るあの日の思い出。終わりのない男と女の物語を切々と綴る好短篇集。（生島治郎）

ふ-14-1

藤田宜永
巴里《パリ》からの遺言

放蕩生活を送った祖父の足跡を追って僕はパリにやってきた。娼婦館、キャバレー、パリ祭……。70年代の魔都のパルファンを余すことなく描いた日本冒険小説協会最優秀短篇賞受賞作。

ふ-14-2